SUNNY
強い気持ち・強い愛

黒住　光

幻冬舎文庫

SUNNY
強い気持ち・強い愛

1

あの頃……何であんなに、楽しかったんだろう？……何であんなに、笑ってたんだろう？


テケテケテケ……と、枕元に置いたスマホのアラームが静かに朝を告げる。

目覚める時の私は、無だ。何の感情もない。ディズニーアニメのお姫様のように「おはよう、森の小鳥さんたち♪」なんて歌い出すわけでもなければ、サスペンスドラマのヒロインのように「ギャーッ！」と悪夢にうなされて飛び起きるわけでもない。アラームが鳴っているから起きる。ただそれだけだ。

　背を向けて寝ている夫をベッドに残し、一人起きてリビングのカーテンを開くと、顔も洗わず、家族の朝ご飯を作る。夫には炊きたてのご飯と具沢山の味噌汁、納豆と目玉焼き。娘にはフレンチトーストと野菜スープ、サラダとフルーツスムージー。決して手を抜かないのが専業主婦としてのプライドだとか、そんな意識の高さもなく、ただ黙々と作業をこなす。朝食と同時進行で娘のお弁当も手際よく作り終えたら、やっと顔を洗いにいく。

洗面台の前に立って、初めて少しずつ感情が目覚めてくる。鏡の中のすっぴんの顔に向き合い、目尻のシワを見て思わずウーンとなる気持ち。指先で皮膚を伸ばして、ウィンクしてみて、「大丈夫。まだギリギリ大丈夫」と自分に言い聞かせる。

毎日同じ朝のルーティーン。何もドラマチックなことなど起きない、条件反射だけで生きていける生活。それでいいのだ。そういう「安定」を私は望んだのだ。

実際、私は幸せだと思う。外車のディーラーをやっている夫は稼ぎがよく、都心にほど近い閑静な住宅街にハイエンドマンションを買った。白いインテリアで統一された明るい二十畳のＬＤＫ、広々として清潔なアイランドキッチン。ここで朝食を作るのが面倒くさいなんて、ＳＮＳに書いたりしたらきっと炎上するだろう。私はたぶん世間的には富裕層と呼ばれる暮らしをさせてもらっている。

夫と娘を起こしにいって、朝食の席に着く。私が食べるのはトーストとベーコンエッグ。ダイニングテーブルに横並びになった3人は目を合わせることもなく、別々のものを食べながら、別々のことをする。高校生の娘はスマホでＬＩＮＥのやりとり。

夫はタブレットでビジネス情報のチェック。私は娘の弁当の盛り付けを手直ししながら、テレビの音を聴いていた。『めざましテレビ』の軽部アナが芸能情報を伝えている。

「……さて、次の話題です。日本が誇る歌姫、安室奈美恵さん。デビュー25周年を記念して、故郷の沖縄でライブを行いました」

ハッ、と顔を上げて、テレビ画面を見る私。

安室ちゃんだ……。

「安室奈美恵、故郷でデビュー25周年ライブを開催。大ヒット曲『Don't wanna cry』をはじめ、『SWEET 19 BLUES』『Can You Feel This Love』などを披露。2万6千人を魅了しました」

新人女子アナが淡々と原稿を読んでいる。彼女はきっと知らない。私たちが安室ちゃんに夢中になった、あの時代を。

Lalala……　いつの日か　I'll be there……

画面の中で歌う安室ちゃんは今もパワフルで、若々しかった。目尻のシワなんかない。いや、むしろあの頃よりも美しい。それはそうだ。彼女の仕事は朝食を作ることじゃないんだから。安室ちゃんは今もステージでカッコよく輝いてくれている。私たちのために。

今日もため息の続き　1人街をさまよってる
エスケープ　昨日からずっとしてる
部屋で電話を待つよりも
歩いてる時に誰か　ベルを鳴らして！

もうすぐ大人ぶらずに　子供の武器も使える
いちばん旬な時
さみしさは昔よりも　真実味おびてきたね
でも明日はくる

SWEET SWEET 19 BLUES ただ過ぎて行くよで きっと身について行くもの
SWEET SWEET 19 DREAMS　R&B（リズムアンドブルース）
　まるで毎日の様なスタイル

安室ちゃんが『SWEET 19 BLUES』をリリースした時、私はまだ18歳だった。19歳になったらどうなるんだろうって、あの頃は1年先の未来も見えなくて怯えていたのに、気がついたらもう、あれから20年が経っている。

「いやぁスゴいですよね。90年代から現在に至るまでずっと、今もトップスターであり続けているというのは、これホントにスゴいことだと思いますよねえ。その安室さん、当時の女子高生たちの憧《あこが》れの存在でありました」

　軽部さんの解説に沿って、90年代の女子高生たちの映像が流れた。渋谷のセンター街を闊歩《かっぽ》する女子高生たち。

「1995年頃から女子高生たちのコギャルブームが巻き起こり、ルーズソックス、ラルフ・ローレンのカーディガンに、茶髪というスタイルが一大ブームに。この時期同時に、安室奈美恵さんのミニスカートに厚底ブーツ、茶髪のロングヘアに……」

懐《なつ》かしい。私は知っている。この時代の空気を知っている。バカみたいに笑いながら、路上で異様なテンションではしゃいでいる茶髪の制服女子たち。ここに映っているのは私たち自身の姿だ。

あの頃、何であんなに楽しかったんだろう。何であんなに笑ってたんだろう……。

トーストをかじる手を止めてテレビ画面に見入っていたら、ふいにチャンネルが切り替わった。娘が「ふん……」と、つまらなそうに息を吐《は》いて、テレビのリモコンを置く。娘は当然あの時代を知らないし、興味すらないらしい。切り替えたチャンネルの番組を見るわけでもなく、無言で立ち上がった。

「もう、全然食べてないじゃない。ちょっとぉ、繭《まゆ》！」

私の言葉に娘は何も答えず、さっさと自分の部屋に行く。夫は気にもかけずタブレットを見続けている。

娘の繭は高校一年。反抗期でいつも不機嫌な顔をしている。私の知る限りでは、グレることもイジメられることもなく無難《ぶなん》に高校生活を過ごしているみたいだけど、学校の友達の前ではどんな顔をしているのだろう。笑っているのだろうか。バカみたいに踊ったりすることもあるのだろうか。

薊が身支度を終えて部屋から出てくると、夫も立ち上がる。

「あ、そうだ。来週からシンガポールに出張だから」

ジャケットを羽織《はお》りながら、夫がそう言った。いつも急に予定を告げられる。

「ああ、はい。……お見舞いは？」

脚を骨折して入院中の私の母のところへ、来週あたり一緒にお見舞いに行こうと話してあった。

「うん、任せるよ」

夫は財布から一万円札を適当に5、6枚抜き出し、私の手に押しつけた。壁の鏡の前で髪をいじっていた薊がそれを見て、「私にも」と父親の顔を見上げた。こういう時だけは可愛く口角を上げてみせる。夫が五千円札を渡すと、薊は不機嫌な顔に戻って「行ってきまーす」と出ていった。夫も何も言わずにそのまま出ていく。

「行ってらっしゃい……」

娘と夫の背中に向けた私の声が、広いリビングに虚《むな》しく取り残された。

2

「ジャーン。これや、これやぁ！　いただきますぅー」

大部屋の病室のベッドの上で周囲もはばからず、母は折箱のフタを開けて大はしゃぎだった。夫が来られなくなったので、私はその日のうちに母の見舞いに来た。差し入れは何がいいかと聞くと、母は5千円の神戸牛ステーキ弁当をリクエストしてきたのだった。

「いいの？　こんな脂っこいもの食べちゃって」

「内臓と骨折は関係ないでんか」

20年前、一家で淡路島《あわじしま》を出て横浜に引っ越した時から、淡路弁を直そうとする気などまったくない母だった。夫からの見舞金が入った封筒を渡すと、遠慮もせず受け取り、さっそく中身を確かめた。えげつない関西のオバチャン気質丸出しである。

「アンタもええ旦那《だんな》つかまえたなあ。不景気とか関係あらへんのか、外車ディーラーいうて？」と、肉厚のA5ランク牛を頬張りながら母が聞く。

「なんかよく分かんないけど、顧客がお爺《じい》ちゃんばっかりだから」

「ああ、ようけ貯め込んどる死に損ない、いうことか！」

同室の老人たちに聞こえるように、わざと大きな声で言う。かと思うと、急に声をひそめて「死相《しそう》が出とるわ。もうあかんな、あの人」と窓際で酸素マスクを付けている入院患者を指差した。

「やめてよ……」

「ああ死神もおる」と、付き添いの男性を目で示す。「見てみ、旦那か死神か分からへんで」

病床の奥さんにご飯を食べさせてあげている優しそうな旦那さんのことまで、そう切り捨てる。どうしてここまで口が悪くなれるのか。

話題を変えたくなった私は「で、お兄ちゃんは？」と聞いた。

「相変わらずや。ほんまにもう、ええ歳《とし》して何しよんねん、あのアホは。最近な、またモーニング娘に戻ったんよ。原点回帰《げんてんかいき》、とか言うて」

5つ上の兄の慎二《しんじ》は、いわゆるオタクだ。結婚もせず、実家住まいのまま、アニメとアイドルばかり追いかけている。

「もう死んでほしいわ、ほんま！」

病室で死ぬとか死ねとか言わないでよと思ったが、確かに、あの兄にはそれくらい言っても言いすぎじゃない気がする。

「あんた、体、大丈夫なんか？　痩《や》せてへんか。大丈夫か」

今度は急に優しい声になってそう言う。コロコロ話題を変えて、いちいち感情の起伏が激しくて、本当にせわしない人だ。子供の頃は兄ばかり可愛がっていたが、今は私に優しい。

「大丈夫よ」

私も思わず頬《ほお》が緩んだ。骨を折ったぐらいじゃへこたれない、元気で口の悪い、いつもの母だった。ひとしきり母の愚痴《ぐち》と悪態《あくたい》を聞いて、私は病室を後にした。

病院の廊下を歩くのは気分のいいものじゃない。最近の病院は明るくきれいになってはいるけれど、それでもショッピングモールを歩くように楽しいものじゃない。意識不明の急患がストレッチャーで運ばれていったり、辛そうな顔、暗い顔を見ることになる。母もいつかは、憎まれ口を叩くこともできなくなる日がくるのだろう。そして、いずれ私や夫も……。そんなことをつい考えてしまう。生きるって何なのだろう。

どうして人生の最後には暗い影の時間が待ち受けているのだろう。

中央のエレベーターに向かって歩いていると、バタバタと、若い医師と看護師が駆《か》けてきて私を追い越し、その先の病室に入っていった。「大丈夫ですか！」という看護師の声と、女性の悲鳴のようなものが聞こえる。

開け放たれたドアから中を覗《のぞ》くと、ベッドの上で激しくのたうち回る女性を看護師たちが押さえつけ、医師が注射を打とうとしているところだった。患者はまだ若い、私と同じくらいの年齢に見えた。

「アアアアアアーッ！」

物凄《ものすご》い絶叫。恐ろしい苦痛が彼女を襲っているに違いない。直視できないような光景だったが、戸口に立った別の医師と看護師は、冷静な表情で何か事務的な会話を交わしていた。病院とはこういうところだ。

顔を伏せて通り過ぎようとした時、チラリと病室のネームプレートが目に入った。

「伊藤芹香」という4文字に、私はハッとした。まさか……。

まさか、そんなはずはないと思いながらその場を離れ、エレベーターに乗った。あの4文字が頭から離れない。胸がドキドキと高鳴った。伊藤芹香《いとうせりか》。それほどありふれた名前とも思えない。でもまさか、あの芹香が……。

1階に着いた時、そのまま立ち去ることはもうできなかった。降りたばかりのエレベーターに乗り直し、さっきの病室へと戻った。不安に心臓のドキドキが止まらない。思わず早足になる。

病室の前のネームプレートを確かめると、やっぱり「伊藤芹香様」と書いてある。見間違いであってくれという願いはかなわなかった。中を覗くと、さっきまで大勢いた医師や看護師は一人もいない。ベッドも空だ。もがき苦しんでいたあの人は、治療室に連れて行かれたのだろう。

「すみません……失礼します」

私はおそるおそる小さな声でそう言うと、そっと無人の部屋の中へ入っていった。母の大部屋とはまったく違う、高級ホテルのように豪華な個室だった。広々とした室内には応接セットも設《しつら》えられ、書斎のようなスペースもある。デスクの上にはコンピュータと、様々な書類。部屋の主はここで何かの仕事をしているらしい。長期入院なのだろう、病室というより住居のような生活感があった。それもかなりハイセンスな生活の。仕事のできるキャリアウーマンの部屋というイメージが漂っていた。

デスクの前の壁にはたくさんの写真が飾られている。スーツを着た複数の女性たちの記念写真、あるいは女性と外国人のツーショット。共通して写っている一人の女性の顔を確かめる。目鼻立ちのはっきりした、芯の強そうな美人だ。芹香……あなたなの？

似ているような気もするが、違う気もする。写真の女性が私の知っている芹香であってほしくないと願いながら、知らない芹香さんだったらいいのかと考えると、その人に申し訳ない気持ちになる。

「おい、転校生」

ふいに背後から声をかけられて、ヒッ、と身がすくんだ。おそるおそる振り返ると、彼女がいた。

写真の中の女性がドアにもたれて立ち、真っ直ぐこちらを見ていた。入院患者とは思えない、お洒落《しやれ》なルームウェアにシルキーなガウンを羽織っている。

「アベナミ。ひさしぶりじゃん」

阿部奈美《あべなみ》。旧姓で呼ばれるのはひさしぶりだ。たった4音の短い名前なので、学生時代はフルネームが通称になっていた。今の私は大抵「奥さん」とか「繭ちゃんのママ」だし、家族以外から下の名前で呼ばれることなどほとんどない。

「……セリカ？」

そう聞くと、彼女はニヤッといたずらっぽい笑みを浮かべて頷いた。間違いない。あの芹香の笑顔だ。一瞬で人の心をギュッとハグしてくれるような、頼りがいのある笑顔。20年前、淡路島から転校してきた私が最初に出会った時と同じ笑顔だ。

不思議な気分だった。さっきまで、彼女であってほしくないと願っていたのに、芹香に会えて、彼女が私の名前を覚えてくれていて、ひと目で私だと気づいてくれたことに、嬉しくなっている自分がいる。

しかし、私はまだ、目の前にいる今の彼女を、私の中の高校生の芹香の記憶に上書きすることに戸惑っていた。あの光景を見た後では「わー懐かしい。元気？」と言えるような再会の形ではない。

窓辺のソファに並んで腰を下ろして話をしたが、あの日、初めて会った教室の席に座った時のように、言葉がうまく出てこない。何をどう話せばいいのか。

「長いの？」

そう尋《たず》ねるのがやっとだった。

「うん、まあかれこれ半年ぐらいかな。何かもう疲れちゃった」

「そう……」

「ガン」

芹香はあっけらかんと、何でもないように言った。

「え？」

「家族もいないし、結婚もしてないからさ。直接、告知されちゃった。イケメン先生がさ、『若いから進行も早く……』って、ベタだよねえ。ていうか、若くないっつーの」

彼女は笑って私の肩を叩いたが、私は笑えない。

膝《ひざ》を抱えた芹香の手の甲には、赤く腫《は》れたいくつもの注射痕《ちゅうしゃこん》があった。そう、元気そうに笑っているけど、この人はついさっきまで、ベッドの上で断末魔《だんまつま》のような叫び声を上げていた人なのだ。

「治療、大変なの？」

「うん、まあまあかな」

芹香が私の左手の薬指の指輪に目を留めた。

「奈美は？」

「え？」

「子供は？」

「ああ、もう高校生」

「えーっ！　マジで⁉　いくつで産んだのよ」

「……デキ婚だったからさ」

「えーっ、マジかぁ。あの奈美がぁ？　はぁーっ、そうかぁ……そりゃあ私たちも歳とるわねえ」

言いながら、芹香は私の頭をいい子いい子するように撫《な》でた。昔と変わらないそんなスキンシップが、さすがにこの歳になると気恥ずかしいが、嫌な気はしなかった。

「で、旦那さん何してる人なの？」

その時、スマホの着信音が鳴った。

「うん……ちょっと待って」

まさにその夫からだった。電話に出ると、夫は一方的に用件をまくし立て、急に予定が変わったことを告げた。

「うん、病院、……え？　明日？　だって来週だって……。そうだけど……はい、じゃあすぐ帰ります」

有無を言わさず、私は家に呼び戻された。

「何か旦那が明日から急に海外出張なんだって。しかも1カ月も。……だからゴメン、また来るから何か必要なものがあったら……」

私の言葉をさえぎって、芹香が「私も」と言った。

「私も。1カ月。……あと1カ月。今さっき、イケメン先生に言われちゃった」

え……1カ月。と、耳を疑った。

1カ月もある、ではなく、芹香のは、1カ月しかないという意味だ。その重さに、私は返す言葉が見つからない。つとめて明るく話す芹香の目に涙があふれている。それを隠すように、彼女は窓辺に背を向けて立った。

「奈美にさあ、ひとつお願いがあるんだよね」

「何？」

彼女の背中が細く小さく見えた。実際に、ガウンの下の芹香の身体《からだ》はかなり痩せ細っているようだ。

「……みんなに会いたいの」

絞り出した芹香の声はすすり泣きになっていた。

「みんなって？」

振り向いた芹香の頰には涙がつたっていたが、彼女はパッと笑顔になって言った。

「SUNNYのバカたちだよ」

SUNNY。私たちにだけ通じ合う、その言葉。

芹香は窓辺に置いてあった一冊のアルバムを私に差し出した。開いてみると、スマホも携帯もなかった時代に「写ルンです」で撮った写真のプリントがぎっしり。高校時代の私たちのバカな毎日のスナップだった。

今朝のテレビで見たような、クソ生意気な女子高生が6人並んで、頭の悪そうなポーズをとっている。その上にPOSCAのペイントマーカーで「SUNNY」「仲良し6人組」と書き込みがしてあった。

こんなものを芹香は大事に持っていて、今も見返していたのか。こっ恥《ぱ》ずかしくて懐かしい、痛くて愛おしい日々の記録。

アルバムを1ページずつめくって、二人で笑った。二人で泣きながら笑った。

3

次の日は朝早く、私の運転で夫を空港まで送った。道中、昨日のことを話した。高校時代の親友が余命宣告をされていて、彼女から昔の仲間に会いたいと頼まれたこと。

「へえ、奈美にそういう友達いたんだ」

「え？」

「あんまり話さないじゃん。高校時代のこととか」

話を聞きながらも、夫の目は手にしたタブレットに向けられたままだ。

「まあ、でも力になってやれば」

「でも20年以上も会ってないし、連絡先も分からないのよ」

「ああ、女ってそんなだよね」

「え？」

「学校の時はすげー仲良くても、卒業したらもうそれっきり会わない、みたいな。意外と友情薄いんだよな」

この人はいつもこうだ。「女は」「男は」とすぐに決めつけたがる。確かに男と女は違うし、男女に特有の傾向はある。だけど、男も色々だし、女だって色々ある。その色々の部分を話したいのに、こうやって十把《じっぱ》一絡《ひとから》げに決めつけられると話す気が失せてしまう。

「そういうんじゃないの」

私はカチンときて、それきり話を打ち切った。

空港へ着くと、夫は車を降りるなり携帯をかけ、「これから向かいます。じゃあ現地で」と仕事モードになりきっていた。空港ロビーの入り口へそそくさと向かい、ちょっとだけ振り向いて手を振ると、あっけなく行ってしまった。

夫と入れ違いに、建物の中から制服の女子高生の一団がドヤドヤと出てきた。修学旅行帰りか、大きなスーツケースを転がし、お土産のビニールバッグを持った女子たちが、楽しそうにワーワーおしゃべりしながら歩いている。揃《そろ》いの制服を着て、みな同じように見える彼女たちだって、一人ひとり色々あるに違いないのだ。きっと、それぞれが同じようで違う思い出を、旅から持ち帰ってきたんだよね。

女子高生たちを見ていて、ふと思いついた。……学校へ行ってみよう。

空港からの帰りに寄り道をして、私と芹香が通っていた高校へ向かって車を走らせた。東横線沿いの丘の上にある女子高だ。

丘の下に車を停めて、坂道を歩いて登る。ああ、この坂だと、何年も冷凍庫の奥で忘れられて眠っていた生肉のような記憶が、瞬時に解凍される。毎日歩いた通学路だ。でも、こんなにきつい坂だったっけ。あの頃は軽やかに駆け上がっていけたのにな……と、辺りを見回しながら歩いていたら、アスファルトの窪《くぼ》みによろけて転んでしまった。ヒールを履《は》いてくるんじゃなかった。

ちょうど学校の登校時間だった。膝を打ってうずくまった私をたくさんの女子高生たちが追い越し、坂を登っていく。後輩たちか……と感慨《かんがい》深くなったものの、彼女たちが着ているのはまったく見たことのない制服だった。

私たちの時代にファッションアイテムとしての制服ブームが巻き起こり、ティーンの女子たちは制服で学校を選び始めた。多くの学校が制服をモデルチェンジし、有名デザイナーに依頼したりして、趣向を凝《こ》らした制服が各校で採用されるようになっていった。若者のトレンドは目まぐるしく移り変わる。あれから20年だもの、この学校も何度か制服を変えていておかしくない。

今、歩いていくのは、最近の主流になっているブレザーにチェックのスカート、紺のハイソックスという大人しく上品なスタイルの女子高生たちだ。繭の学校のとよく似ている。髪の毛も黒い。

そうか、何もかも変わってしまったんだ……。同じ場所だけど、ここはもう私たちの学校じゃない。私たちの過ごしたあの時間はもうここには存在しない。……私は浦島太郎のような気分だった。

私たちの時代はまるで違った。紺のスカートを思い切り短く穿《は》いて、足元は何と言ってもルーズソックス。夏でも冬でもカーディガンは欠かさず、暑ければ腰に巻く。髪の毛もド派手に明るい茶髪だ。だいたい、登校する時だってこんなに大人しく整然と歩いちゃいなかった。ワーキャーうるさく騒ぎまくり、歌ったり踊ったり……まるでケダモノの群れ。女子高は動物園みたいな場所だった。この学校だけじゃない、当時の東京近郊の女子高生は、世界でいちばん調子に乗ってる、世界最強の生き物だったのだ。

目の前に、あの頃の光景が鮮やかに蘇ってくる。この坂を駆け上がっていく、無数のルーズソックスの脚。

まわれ　まわれ　メリーゴーラウンド

なぜか、そんなメロディが頭の中に流れてくる。メリーゴーラウンドのように、めくるめく記憶が脳裏《のうり》を駆けめぐって、目眩《めまい》がしてきた。

4

正直、私はビビってた。ビビりまくってた。東京の学校に馴染《なじ》めるやろか。淡路島を出る時からそう思っとったけど、今日になってもっとコワなった。

何なん、これ？

新しい学校の前へ来たけど、足がすくんで動けへん。後ろから来た子が私にぶつかって、謝りもせんと走ってく。ワーッと坂を登ってく人ら。これが東京の女子高生？スカート短いやん。頭茶色いやん。化粧しとるやん。

前の学校の制服着とる私は、どう見ても一人だけ浮いてるわ。スカート長いし。頭お下げやし。いちばん違うのは足元やわ。何なん？　みんな履いてる、あのダブダブしたやつ。レッグウォーマー？　ソックス？

無理やー。こんなとこ入れへんよ。お母ちゃん助けてーって泣きたいわ。けど、うちのお母ちゃん怖いから、泣いて帰ったらどやされる。行くしかない。覚悟を決めな……。

これが東京じゃん‼　私は今日から東京の女子高生になるんじゃん。みんなヨロシク！

……ああ無理。なれへんわ。この人たちの仲間にならなきゃいけないんだと思ったら、頭クラクラするわ。回れ回れメリーゴーラウンドやわ。頭の中にロンバケの主題歌が流れてくるわ。

まわれ　まわれ　メリーゴーラウンド
もうけして止まらないように
動き出したメロディー
LA・LA・LA・LA・LA LOVE SONG

Wanna Make Love,
Wanna Make Love Song, Hey Baby……

ドシャ降りの午後を待って　街に飛び出そう
心に降る雨に　傘をくれた君と

「まっぴら！」と横向いて　本音はウラハラ
でも　そのままでいい　お互いさまだから

めぐり会えた奇跡が
You Make Me Feel Brand New
涙の色を変えた
And I Wanna Love That's Brand New

息が止まるくらいの　甘いくちづけをしようよ
ひと言もいらないさ　とびきりの今を
勇気をくれた君に　照れてる場合じゃないから
言葉よりも本気な　LA・LA… LOVE SONG

頭の中で歌いながら、そうさベイビー、東京の高校はラララ楽しいぜ、と自分に言い聞かせて、私は決死の覚悟で坂を登った……。

坂の上の門をくぐると、ドドーッと地鳴りのような歓声が押し寄せてきた。何？　文化祭？　運動会？　いや違う。これが東京の女子高の毎日なんや。キャーキャーワーワー、騒ぎまくる女子高生の群れが押し合いへし合い……。

やっぱアカン、と思った。

校内に入ると、まず職員室に行って担任の峯村《みねむら》先生に挨拶。特別に美人ていうほどじゃないけど、どことなく東京の先生は垢抜《あかぬ》けてる。妊娠してるらしくてお腹大きいけど、なんかシュッとしてるもん。うちのお母ちゃんみたいに、お尻ボリボリ掻《か》いたりしそうにないもん。

「はい、じゃあ朝のホームルームでみんなに紹介するから、行きましょ」

大きなお腹でふんぞり返って歩く先生の後ろについて、教室へ行く。緊張で前が見れん。うつむいたまま教室の中に入った。

「はーいウルサイ、ウルサイ！　静かに静かにーっ！」

先生がバンバン、と出席簿で教卓を叩く。立って騒いでいた生徒たちがサッと静かに……はならなくて、「はーい」とめんどくさそうに席に着いて、まだガヤガヤおしゃべりが続いてる。

「ハイお化粧やめる！　お菓子しまう！　教室はキャバクラの控え室じゃありませーん」

先生の口調が特に怒ってる感じでもないところを見ると、いつもこんな感じなんやろな。おそるおそる見回すと、みんな机の上にお化粧品やらスナック菓子の袋やらを平気で置いてる。カーラーで髪を巻いてる子もいる。え？　一万円札を何枚も机の上に並べてる子もいてる。ここ、やっぱヤバい学校ちゃうん？　その時、急にピーピーと警告音みたいなのが鳴って、私はビクッとなった。

「はい、ポケベルも止める」

なんや、ポケベルの音か……って、ポケベルなんかも学校に持ってきていいの？　説明してほしいことだらけの私の横で、先生は黒板に向かいチョークを手に取った。

「転校生紹介しまーす」

ああ、ドラマやマンガでよく見るやつ。ここで男子の一人が「あ、お前。さっき道でぶつかった女」とかなったりして……って、ここは女子高やから絶対にそんな展開ないけど。

「阿部奈美さんでーす」

先生が黒板に私の名前を大きく書いた。周りが落書きだらけやから、全然目立たんけど。

「イェ～イ」と、みんなが拍手してくれた。歓迎《かんげい》されてるいうより、からかわれてる気がした。先生が私の方を見る。

「どこから来たのかな？」

「あ、淡路島……」

自分でも聞こえんくらい小さい声しか出んかった。

誰かが「聞こえなーい。もう一回言ってー」と言ったので、私は必死に「淡路島です」と声を絞り出した。

「島?」

みんながザワつく。「ウケる～」「どこどこ?　分かんない」「外国人?」「震災んとこだっけ?」みたいな声が聞こえる。みんなが私を見てる。みんな茶髪で眉毛が細くて、悪そうな子ばっかり。

ビビッて固まっていたら、「はい、じゃあ自己紹介してもらいます」と先生に背中を押された。私はぎこちなくお辞儀《じぎ》する。

「こんにちはぁ……」

「こんにちはぁ?」

挨拶しただけで笑われた。コンニチハは日本共通の挨拶やないの?

「淡路島から引っ越してきました、阿部奈美です。……分からんことばぁで……」

「ばあで?」

一言喋《しゃべ》るたびに笑われる。

「はーい、単なる方言でーす」

先生がフォローしてくれて、何とか言葉を続ける。

「めっちゃ緊張しとるけんど……」

「けんどぉ？」

「……よろしくお願いします」

「はい、拍手ーっ」

先生に合わせて、みんなが拍手した。やっぱりからかわれてる気がする。

「じゃあ席はね、えーと、林さん！」

「あぁーっ！」

机の上に立てたミラーの前に顔を伏せている生徒が野獣《やじゅう》みたいな唸《うな》り声を出して手を上げた。顔は見えないけど、身体がやたらデカい。

「林さんの隣が空いてるからね、はい」

机の列の間を歩いて、言われた席に向かった。両脇の生徒たちが私の全身を舐《な》め回すように見てる。ああ怖ーっ。

空いていた席に座ると、林さんと呼ばれた隣の子が、片手で眉のあたりを引っ張り上げながら私を睨《にら》んでいる。えっ、と見ていると、彼女は「フン！」と鼻を鳴らして利き手に持った毛抜きで眉毛をブチッと抜いた。

「以上！」

先生が手を振ってバイバイしながら教室を出ていくと、近くの席の子たちが立って、私を取り囲んだ。日焼けした茶髪の３人組。

ベージュのセーターを腰に巻いた子が「ん？　何か臭う？」と私に顔を寄せてきた。ロングヘアの子が「何これ？」と、私の手提《てさ》げバッグを取り上げる。

「何これ、お婆《ばあ》ちゃんの？」

「くっさい、クッサイー」

「わぁ、お婆ちゃんちのニオイがするー」

３人がケラケラ笑う。出た。さっそくイジメや。こうやって田舎《いなか》もんはいじめられるんや。確かに、中学の時から使ってるキルティングの手提げだから、汚れて黒ずんでるし、ニオイも臭いけど。

何も言えずにうつむいてたら、隣のデカい子がドン、と太い脚を私の机に乗せて言った。

「あーそれ私。ルーズ３日洗ってない」

え？　林さん、私に助け舟出してくれてる？

「お前に聞いてねーよ。水虫かよ」と、腰セーターが林さんにガンを飛ばす。

ありがとう林さん、残念だけど、あなたの小舟は私をイジメの海から救い出してはくれなかったよ。

「ちょっとぉ、頭もおばあちゃんくさいんだけど」

「何この髪の毛、超ダッサいんだけど」

「ひゃーっ、ダッセェ！」

3人が私のお下げ髪をいじってはやし立てた。地獄《じごく》や。イジメ地獄の始まりや……。

その時、ボン！　と何か飛んできた。ロングヘアの子の後頭部に当たって、私の机の上に着地したのは黄色いビニール袋。「FOR YANKEE GIRL」とか「HYS-TERIC……」何とかってプリントされてる。

3人と私が振り返ると、戸口のところに紺色のカーディガンを着た黒髪の女子が立って、鋭《するど》い目でこっちを睨んでいた。不良マンガの男子みたいに腕をまくって、バッグを肩に担《かつ》いでスッと立ってる。オトコマエやわぁ……。

腰セーターが彼女を睨み返す。

「どいて」

オトコマエさんが低い声でそう言うと、腰セーターは何も言わずに立ち上がった。

3人は無言で私の席から離れていく。助かった……。

オトコマエさんは私の後ろの席に来てバッグを置くと、「誰？」と言った。林さんが「転校生」と答える。

オトコマエさんは黒板を見て、「阿部奈美ちゃん？　へえーヨロシク」と、私の肩越しに手を差し出してきた。振り返ると、彼女は真っ直ぐ私の顔を見てニコッと微笑《ほほえ》んだ。

何これ？　この人、めっちゃカッコええやん。カッコよくて優しいやん。この人が男子だったら、私、一発で恋に落ちてる自信あるよ。

「よ、よろしくお願いします！」

お辞儀しようと立ち上がった拍子に、机の上のバッグの中身が全部、バラバラと床に転がった。這《は》いつくばってそれを拾っている私に、オトコマエさんが笑う。

「あはは、かわいー。あわてちゃって」

これが私と彼女——伊藤芹香との出会いだった。

5

「さあ阿部奈美、何食べたい？」

昼休みになると、オトコマエさんがヘッドロックするみたいに私の首に腕を回してきて、廊下に連れ出された。グイグイ引っ張られていく私の後を、林さんともう一人、知らない子がついて来ていた。……すごい美少女だった。淡路島じゃ見たことないような超美少女。吸い込まれそうに透《す》き通った瞳と白い肌。背が高くて、雑誌から抜け出てきたみたいにスラッとしたスタイル。東京にはこんな子がおるんや……。彼女は何も言わず、ただついて来る。

「じゃあ、おまかせランチってことで！……梅、ＧＯ！」

オトコマエさんがそう言うと、林さんは食べかけのスナック菓子を袋ごとザザーッと口に流し込んで、「おりゃーっ！」と雄叫《おたけ》びを上げてダッシュした。

廊下の突き当りは購買室だった。パン類が並べられたカウンターに生徒たちがワーワーお祭りみたいに群がっている。前の学校でもお昼時は毎日大騒ぎだったけど、ここのは凄《すさ》まじい。バーゲン会場の大阪のオバチャンたちよりもえげつない。

想い出はいつもキレイだけど
それだけじゃ　おなかがすくわ

お腹がグーと鳴った。朝から緊張しっぱなしで忘れてたけど、私もお腹がへってたんだ。そう、高校生はいつもお腹がへってる。パン売り場の前の女子高生たちの群れは、『わくわく動物ランド』で見たアマゾン川のピラニアみたいだった。

ドシンドシンとサイみたいに巨体を揺《ゆ》らして駆け込んでいった林さんは、ピラニアの群れをかき分け、列の先頭に割り込んでいくと、「おばちゃん！」と千円札を差し出した。

「あんた、たまには並びなさいよ！」と、おばちゃんが怒ってるけど林さんは気にもしない。菓子パンやサンドイッチやおにぎりを、ガッと手当たり次第につかんで、うおりゃーっと放り投げた。

オトコマエさんと美少女が空のパン箱を持って、それを受け止める。

て拾った。

「ほら奈美、後ろ！」

二人が受け止めきれず後ろに飛んでったパンやおにぎりを、私が床に這いつくばって拾った。

そうやってゲットした食べ物を持って、訳の分からないまま校内の一室に連れていかれた。何の部屋だろう。何かの部室？　オトコマエさんが部長なのかな？

部長は戦利品をみんなに分け与える。すごい大量のパンやおにぎりだけど、これ本当に千円分？

「奈々。はい」

オトコマエ部長が美少女にシュガートーストを投げる。彼女は窓際に座って、膝の上で雑誌を開いて澄《す》ました顔をしていた。ああ、そうだ。教室でもたしか窓際に座ってた。へえ……ナナっていう名前なんだ……と私は思った。

「あのぉ……皆さんは……」

メロンパンをかじりながら、私は聞いてみた。

「皆さんって、仲良しグループというか……」

「んー、仲良しかどうかは分かんないけど、いつもツルんでるよ」

　ここまで来て、やっとオトコマエさんが自己紹介をしてくれた。

「アタシ、芹香。小学校からずっとこの学校。だから女しか知らないんだー。ってレズじゃないからね、言っとくけど」

　オトコマエさん改め芹香はそう言って、私のほっぺたを両手でギュッと挟んだ。

「う……ヴヴェ」

　林さんが口いっぱいにロールパンを頬張りながら何か呻《うめ》いている。どうやら自己紹介らしい。

「梅。ハヤシウメ。現在人生8度目のダイエット中です」

　芹香が代弁して、彼女のふくよかなお腹に手を当て揺さぶった。林梅は手の甲をこっちに向けた逆ピースをしながら、不気味な目つきで私を睨んだ。

　そこへ、突然の大声。

「超ウゼェ！　マジぶっ殺してやりたいよ、あのババア！」

　二人の茶髪の生徒がズカズカと入ってきた。目つきが怖いコがガーガーまくし立てるのを、もう一人の痩せたコがチュッパチャップスをしゃぶりながらヘラヘラ笑って聞いていた。この人たちも仲間？

悪態をついてたコが私の前の席にドカッと腰を下ろして、鋭い目で睨む。

「なにこのコ、見たことないけど。どこで拾った？」

「転校生。阿部奈美」

「すげぇカッコしてんな。天然記念物並みじゃね？」

また笑われた。彼女は首からさげてるオモチャみたいなカメラで私の写真をカシャリと撮った。

「裕子《ゆうこ》でーす。よろしくー」

ピースに親指を足した3本指で挨拶してくれた。意味はよく分からない。

「コイツめっちゃ口悪いけど、おっぱい小さいのがコンプレックス」

芹香がそう言って、裕子の胸をグッとつかんだ。チュッパチャップスのコが裕子の膝の上に乗ってきて言う。

「そうなの、見てこの胸、マイナスAカップだから」

「マイナスAカップってへコんでんじゃん」

「うるせえよ、へコんでねえから！」

二人と芹香がトリオ漫才みたいなテンポでまくし立てる。私はまったく会話についていけない。

「見て見て〜。シャネル〜」

チュッパチャップスのコが高そうな口紅を取り出して見せびらかした。うん、シャネルぐらいは私でも知ってる。見るのは初めてだけど。林梅が口紅を奪い取って自分の唇に塗った。「使わないでよー」とチュッパチャップスがあわてて取り返す。

「いくら？」と芹香が聞くと、チュッパチャップスが変な感じに身体をくねらせながら答える。

「え？　分かんなーい。……テレクラで釣ったオッサンに買ってもらっちゃった」

テレクラって？　いや、私もテレクラぐらいは知ってる。テレホンクラブってやつでしょ。オジサンたちがお金払って薄暗い部屋の中に入って、そこに女の子たちが電話かけるんでしょ。テレビでよく見るよ。テレクラやってるっていう女子を実際に見るのは初めてだけど。

「ウリとかやってんじゃねーだろうな！」

芹香が急に声を荒らげて、そのマジな感じに私はビビった。

「やらねえっつーの。ウリやらずに金出させるのがプロじゃん」

チュッパチャップスも険《けわ》しい顔になって言い返した。ウリって……もしかして売春のこと言ってる？

「あ、あたしシン。ヨロシク。ねえ、今度一緒にさ、パンツ売りにいかない？」

ウリのコ……じゃない、チュッパチャップスの子の名前は、心と書いてシンというのだった。あんまりお近づきにならない方がいい気がする。

「やめろやゲロシャネ女！」

「ゲロパン女！」

あまりにもついていけない会話に私がドギマギしていると、窓際の美少女、奈々がスッと立ってこっちへ来た。

「私、午後から早退する」

「撮影？」

「うん」

何の話だか、芹香が説明してくれた。

「奈々。エッグに載ったのがきっかけで、モデルとしても活躍中」

芹香が雑誌を開いて私に差し出した。『egg』だ。ちょっとワルっぽい人たちが読む雑誌だ。よく見ると、開いたページ一面に載っている大きな写真は、制服姿で街角のベンチに腰かけている奈々の姿だった。うわぁ、そりゃキレイなはずだわ。モデルやってるって、プロじゃん。芸能人じゃん。普通の子じゃないんじゃん。でも、そんな普通じゃない子が普通にクラスにいて、みんな普通に何でもないように友達になってるんだ。何だよ東京って！

「スゴい……」

私は目の前に立っている奈々と雑誌の写真をマジマジと見比べた。確かに本人だ。私、雑誌に載ってるモデルさんとクラスメートになったんだ。友達になってくれるかな……。あ、こうやって一緒にお昼食べたんだから、もう友達なのかな？　どうしよう……何かお話ししたいけど、モデルさんとかってどんな話するの？　会話が思い浮かばない。私は何も言えず、ただもう尊敬の眼差しで会釈した。すると、彼女は思い切り冷たい目で私を見下ろした。

「あんた、ダッサい」

吐き捨てるように言って、奈々は部屋から出ていった。

そうなんだ。やっぱり私なんか、モデルさんと友達になれるわけないよね……。

「あんた……ダッサーーーーい」

奈々のセリフを梅が大げさに真似して、みんなが笑う。

「まあ、確かにね」「どこがダサい、どこがダサい？」「靴下じゃね？」「ルーズ履けよ」「何このへばりついてるみたいに短いの」……と、みんなが私を一斉攻撃するのを芹香がまとめて、「ねえ、ルーズソックスにしようよ」と、私を見た。

ルーズソックスっていうんだ。みんなが履いてるダブダブしたやつ。

6

「何よぉ、急にお金お金ばぁ言うて、この子は！」

家に帰って、ルーズソックスを買うお金をお母ちゃんにねだったら、あっさり却下された。

「ちゃんと小遣いやりよるでか！」

ちゃぶ台で晩ご飯を食べているお父ちゃんも箸を置いて、私を叱《しか》ろうとする。

「ほやから足《た》らんねん。なあ、ちょうだい！　ルーズソックスとかカーディガンとか買いたいんよ！　ほんでなかったら学校で恥ずかしいでか」

私は必死に食い下がった。何としてもここは譲《ゆず》れない。さっきから普通の靴下がルーズソックスみたいになるように一生懸命、手で引っ張って伸ばしてるけど、全然ルーズにならないもん。

「寒いんか？　ほなオカンのセーター貸したるわ」

「そんなん要《い》らんわぁ！」

お母ちゃんはちっとも分かってない。東京の女子高生を全然分かってない。お父ちゃんはなおさら分かるわけなくて、「何や、それでええやないかい」とかマジな顔で言う。

「ええか奈美、震災で工場めげてやな、オトンの知っとる人のツテで、ようやく仕事見つかったんや。この家借りるのがやっとや。辛抱せえ！」

お母ちゃんが一気にそうまくし立てて、ちゃぶ台をバン、と叩いた。アカン。本気の説教モードや。お母ちゃんがこうなったら、もう何も聞いてくれへん。震災とか持ち出してくるのズルいわ。ボロい町工場にくっついた空き家に住ませてもらってるウチの経済状態のこともよく分かってる。けど、私の気持ちも分かってほしい。

「ありがたいんやで。感謝なんやで」と、お父ちゃんは何か「ええ話」みたいにまとめようとする。何で誰も分かってくれないのか、私はイライラで爆発しそうになってきた。

「ほやけどな！　学校でルーズソックス履いてへんの私だけやねんで!!」

私が絶叫《ぜっきょう》したら、隣でご飯も食べずにテレビに熱中していた兄ちゃんが「うっさいなぁもう！　今ええとこやねん！」と、ヘッドホンを耳から外して怒鳴った。

アンタに関係ないやん、と思った。ヘッドホンしてたらテレビの音聴こえるやろ。勝手に好きな番組見てろや……と思ったら、私の代わりにお母ちゃんがキレた。

「慎二！　アンタもええ歳してほんなもんやめて！　もう！」と、兄ちゃんのヘッドホンを引っつかんで取った。

「ほんなもんって何なん？　エヴァンゲリオンに向かって『ほんなもん』ゆうな!!」

今度は兄ちゃんが逆上する。兄の慎二は家でアイドルやアニメのテレビやビデオばかり見て、大学も留年してしまった。最近は特に『新世紀エヴァンゲリオン』とかいうアニメに夢中で、その話しかしない。

「奈美、エヴァはごっついで！　世界を変えるで、このエヴァは！　いや、アニメはな、今に日本が世界に誇るもんになるで！」

　また始まった。この話、もう何万回も聞かされてる。

「アホか！　ただのアニメやでか」

「何てか！　ワシはシンジやぞ！　ワシと綾波が世界を変えるんじゃゃ!!」

「もう何ゆーとんの兄ちゃんは！」

　そもそも、私のルーズソックスの話はどこへ行ったん？　こんな時、歳の近い兄ちゃんが私を庇《かば》って親を説得してくれてもええんやないの？　だいたい、兄ちゃんが働いてお金を家に入れてくれてたら、私のルーズソックス代ぐらいも出るんとちゃうの？

　兄ちゃんと私が激しく言い合っていたら、ずっと黙ってご飯を食べていたお祖母《ばあ》ちゃんが、急に声を出した。

「黙れこらワレぇ！　メシくらい静かに食えへんのんか、おどれらは！　キャンキャンゆうとったら口の中に手ェ突っ込んで、奥歯ガタガタいわすぞこらぁ!!　それとも耳の穴にストロー突っ込んで、脳味噌チュウチュウ吸うたろかーい!!」

大阪生まれのお祖母ちゃんは、家族の誰よりも筋金入りの関西気質だ。そのド迫力に、兄ちゃんのエヴァ話も撃沈《げきちん》した。

「お母さん、トイレ行っときましょか……」

お父ちゃんが小声でそう言った。お祖母ちゃんは軽いボケも来ている。今の今、大声で怒鳴ったのも忘れたかのように、お祖母ちゃんはまた静かに黙々と、お茶碗のご飯を口に運んでいた。

こうして、私のルーズソックスの話は誰にも相手にされることなく消え去ってしまったのだった。


とりあえず、前の学校の決まりだった襟元《えりもと》の赤いリボンを結ぶのはやめて、シャツの第一ボタンは外した。伸ばし続けてダルダルになったソックスを履き、お母ちゃんのお古の、茶色い手編みのカーディガンを着た。何となく、それっぽく見える……はずはなかった。

「アハハ！　ちびルーズ！」

学校へ行ったら、私のダルダル靴下は速攻で芹香に笑われた。

「これ、絶対お婆ちゃんのじゃん。何かタンスのニオイがするぅ」

梅も笑って、モコモコ分厚い私のカーディガンの毛玉をむしった。

「まあ努力は買うよ」

芹香はそう言ってくれたけど、恥ずかしくて死にそうだった。

7

思い出すなあ、あの日。峯村先生に「阿部さん、職員室に寄って。教科書揃ってるから」と言われて、職員室へ行ったんだっけ。あの日の私はお母ちゃんのお古の毛玉だらけのカーディガンを着て、ルーズ風に伸ばしたソックスを履いて、みんなに笑われたんだった。他のクラスの子に見られるのが恥ずかしくて、廊下を通って職員室へ行く時、犯罪者みたいにコソコソ隠れるようにして歩いた。

今、20年ぶりにその廊下を歩いている。浦島太郎になったような不思議な感覚にずっと包まれていた。自分が場違いな存在であることは、あの時と変わらない。

職員室のドアを開けると、中の様子はあの頃とほとんど変わらなかった。机の並び方も同じだ。ただ、席に座っている先生方が知らない顔ばかり。その中に、やっと知っている顔を見つけて、私は近寄っていった。

「……先生」

そっと声をかけると、その人は、パソコンのキーボードを叩く手を止めて顔を上げた。やっぱりそうだ。老眼鏡をかけ、髪に白いものも混じっているけれど、峯村先生だ。

「おひさしぶり……」

「言わないで！」

名乗ろうとする私を、先生は手で止めた。

「……阿部、奈美さん」

「はい」

先生は満面の笑みを浮かべた。こういう時、覚えてもらっていた方だけじゃなくて、覚えていた方も嬉しくなるものなんだな。20年前の生徒のフルネームを覚えていてくれたことに私は感激したけど、先生にとっては私が特に印象的な生徒だったかどうかということは関係なく、一人ひとりの名前を覚えておくことが自分の果たしてきた仕事の証《あかし》として大事なのだろう。

先生が机の横に椅子を置いてくれて、職員室に呼び出された生徒みたいに話した。

「キレイになったねえ。ホント、キレイになった。オシャレになった」

私の顔を見て先生がしきりに褒《ほ》めてくれた。社交辞令だと思って、私が「いやぁ、そんな」と照れていたら、「ダサかったもんねえ、あの頃ねえ」と、先生は悪気もない様子で笑った。

そうハッキリ言われると傷つく。確かに田舎から転校してきた私はダサかったけれど、先生も生徒の外見をそういう目で見ていたのだと、20年の時を経て知らされるのはショックだった。

「あのホラ、お母ちゃんの毛玉いっぱいのカーディガンとか着てさ。……あとホラ、髪型も二つに結んで、ダサかったよねえ」

さすがにムッとした私は、「先生もお変わりないですね」と、ちょっと嫌味な返しをしてみた。

「やめてよぉ。来年お祖母ちゃんよ、もう。いやんなっちゃう」

「そうなんですかぁ？　へえー」

わざとらしく大げさに驚いてみせた私だが、実際、驚いていた。あの頃、お腹に子供のいた先生が、今はもう孫が生まれようとしているなんて、時の経つのはあっという間だ。お互い知らないところで20年を生きてきたのだなと思う。大人同士の会話は、嫌味と親愛の情が同時に混じっていたりするから面白い。

「制服も変わったんですね」

職員室で担任と話している生徒たちが目に入ってそう言うと、先生は「あんたたちの世代が自由にやりすぎたせいよ」と笑った。

「まあね、その分、裏で何をやってるか分かりにくくなっちゃったけど。あんたたちはホラ、顔に全部書いてあったもん。分かりやすかったぁ」

当時の私たちは先生や親にバレないようにうまく猫かぶってるつもりだったが、今思えば全部バレバレだったろうと思う。それに比べて、今の繭たちの世代は本当に何を考えているのか分からない。

「あの、先生。実は……」

今日来たのは、SUNNYのメンバーの消息を尋ねるためだった。私がその話を切り出そうとするのをさえぎって、先生が言った。

「あっ、あの子も来たわよ最近。……梅ちゃん。林梅」

先生が知っていたのは梅の連絡先だけだったが、それでも収穫《しゅうかく》はあった。教えてもらった携帯番号に電話すると梅が出て、芹香のことを話したら、すぐに会いに来てくれることになった。

梅はあの頃と全然変わっていなかった。つまり……今も太っている。正確に言えば、昔よりもさらに大きくなっていた。芹香の入院している病院の玄関に現れた彼女は、どこで売ってるんだろうというようなビッグサイズのスーツをパツンパツンに着ていた。仕事は不動産関係の営業らしい。

「要するにセールス。土地や建物持ってるヤツから安く買って、金持ってるヤツに高く売りつけるわけ」

「へえー、景気いいの？」

「まあ、東京オリンピックまでは地価も上がり続けるから、一件売れればデカいけどね……」

言いつつ、梅の顔色が曇《くも》った。彼女の成績はあまり芳《かんば》しくないようだった。そう言えば電話をかけた時、「たまにはビルの一棟ぐらい取ってこい！」という男の怒鳴り声が電話口の向こうで聞こえた気がした。

芹香の病室を訪ねると、彼女はデスクのパソコンに向かって、ビデオ通話で何かの会議をやっているところだった。私たちを見ると、芹香が表情を崩して立ち上がった。

「ああーっ！　梅だぁーっ！」

「芹香ーっ！　うあああああん！」

梅が号泣しながら駆け寄る。猛ダッシュは昔と変わらない。相撲《すもう》取りのように突進して芹香を抱きしめた。

「せっかく20年ぶりに会えたのに、芹香がもうすぐ死んじゃうなんてどういうことよぉ！　ああああん！　うわあああああん!!」

病人に対して遠慮《えんりょ》もなく、梅は芹香を全力で抱きしめていた。芹香が苦笑して私を見る。

「芹香ーっ。芹香ぁーっ！　あぁぁ……」

ところが、梅の嗚咽《おえつ》はふいに止まった。かと思うと、彼女は芹香から身体を離し、真顔になって言った。

「ねえ。土地とか、ちゃんと残してる？」

いや、いきなり商売モードになるかね、ここで。


三人で昔話に花を咲かせた。バカなことばかりやってた女子高時代のあれやこれやを話し出すと止まらない。裕子や心の話も出てきたけど、誰も奈々の名前だけは出さなかった。話はつきなかったけど、芹香の身体のことを考えて、適当なところで切り上げることにした。梅と二人で残りのＳＵＮＮＹメンバーを集めることを芹香に約束して、病室を後にした。

帰り道、梅はあんなに号泣してたのが嘘《うそ》みたいに下世話なことを言う。

「それにしてもあんなすごい個室、一日いくらするんだろう？　相当稼いでるね芹香」

「うん、いくつか会社経営してるって」

芹香は高校卒業後、アメリカに留学して経営学を学び、若い頃から商売を始め、複数の会社を起業したらしい。

「はぁーっ」

腹から響くような太い声で梅が唸った。また商売のこと考えてる？

「……でも、昔からリーダーだったもんね」

梅はただ素直に感心したらしい。私や梅にできないことをやってのける力が芹香にはある。そんな彼女にもう時間が残されてないなんて……。

「で、どうすんの？……会わせてあげようよ。つーか会わせてあげたいじゃん」

梅は商売のことを考えてたわけじゃなかった。それでこそ友達だよ。

「うん、でもみんな分からないのよ、連絡先。学校でも分からないって」

高校卒業して20年、私を含めてSUNNYのメンバーは誰も同窓会みたいな集まりに参加することもなく、音信不通になっていた。私たちには、思い出したくない傷が高校時代にある。

「ふーん。興信所《こうしんじょ》とか探偵とか雇ってみる？」

「でもさ、ああいうのって高いんでしょ」

「うーん……」

梅もそういう方面には詳《くわ》しくないらしい。二人で黙り込んで考えていたら、梅が「あっ」と声を上げた。彼女の目線の先を見て、私も「あっ」と言った。

目の前の古ぼけた雑居ビルの2階の窓に、「激安!! 人探し 調査 探偵業務」という文字がペイントされていた。

私たちはその「中川探偵事務所」を訪ねてみた。薄暗い廊下の奥のドアをノックしたが返事がない。「失礼しまーす」と、ドアを開けて中を覗くと、雑然《ざつぜん》と散らかった室内はかなり年季が入った感じで薄汚れ、ホコリとカビとタバコのニオイが充満していた。私は回れ右して帰りたくなったが、梅が「ここなら安そうじゃん」と、中へ入っていく。

すると、「あーん?」と声がして、窓際のソファから50代ぐらいのオジサンが起き上がった。

「ああ……いらっしゃい」

オジサンは寝起きの顔だった。ヨレヨレのスーツに無精《ぶしよう》ヒゲ。眩《まぶ》しそうに目を細めてこっちを向いたその風貌《ふうぼう》は、どう見ても堅気《かたぎ》の人には見えない。部屋にはこのオジサン以外には誰もいなかった。たぶん、この人が中川さんなのだろう。

中川探偵に招き入れられて、私たちはソファに座らされた。さっきまでオジサンが寝てたところだけど。テーブルの上には飲みかけのウィスキーの瓶とグラスが並んでいた。たまらなく酒臭い。

私たちが事情を話すと、中川探偵は「ああ、その手の人捜しならお安いご用ですよ。ええ、調査費用の方もお安くしておきますよ、へっへっへ。すぐ見つかりますよ」と、気味悪く笑った。

「これ、当時の私たちの写真なんですけど……」

芹香から預かってきた昔のアルバムを中川探偵に見せた。

「ええー。そうっすかぁ。もうあのコギャルブームから20年？　へえー、お二人も当時は……ブルセラでパンツ売ったり、援助交際したりですか？」

「ウチら、そういうのNGだったから」

失礼な言葉に梅がムカついて返したが、探偵は気に留める様子もない。

「ああ、あったなあ。俺もあったなあ。テレクラでコギャルに誘われて、ラブホ行ったらシャワー浴びてる間に金持って逃げられたんだよなあ。……ほんと、タチ悪かったよなアンタら」

「だから一緒にすんじゃねえよ！」

ついに梅がブチ切れた。

「おおー出た出た。怖っ。すぐ下品な喋り方して。これだからコギャル上がりはアレっすねえ、ほんとに……へっへっへ」

探偵は笑ってごまかした。ええ、確かにそういうタチの悪いコギャルもいたし、それに引っかかるアンタみたいなクソ馬鹿なオヤジもいましたよ。でも、私たちはそういうのじゃなかった。何でアンタにこんなこと言われなきゃなんないのよ、と私もキレたかったけれど、何も言えなかった。梅をなだめて、ただ「すみません、急ぎ目でお願いします」と引きつった笑顔で言うのが精一杯だった。

「ええーと、3人っすね」

アルバムから写真を抜き取って探偵が並べる。

「裕子さん、心さん、奈々さん、と。……じゃあ、ま、経費プラス、一人につき10万の成功報酬でどうっすか？　いやいや、熟女割引ですよ、これでも」

払えない額じゃない。梅の方を見ると、彼女もウンウンと頷いていた。

「はい」と私が答えると、探偵は「はい、ありがとざーす」と、縁日のテキ屋みたいに軽い調子で愛想笑いを浮かべた。これで契約成立なの？　こんな人に任せて大丈夫なのかという不安はあったけど、この値段ならダメ元かもしれない。前にテレビで見た浮気調査の探偵費用はもっとびっくりするほど高額だった。

調査方法について詳しく聞こうとしたら、大きな音で携帯の着信が鳴り、探偵が電話に出た。

「うぇーす。ああ4レース。はいはいはいはい分かってますよ。……さすがさすが、お目が高い。オメガトライブ。いくら行きます？」

などと言いながら、探偵はソファを離れてデスクの方へ行ってしまった。レースって競馬の話だろうか。

梅が「何あれ、ノミ屋もやってんのかよ」と呟く。「飲み屋？」と私が聞くと、梅は「分からなくていい」という風に首を振った。

探偵が電話に夢中になっている間に、私は梅に顔を寄せて小声で囁《ささや》いた。

「本当に大丈夫かな？」

「見つけられなかったら、金払わないでバックレよう」

涼しい顔で梅はそう言った。なるほど、さすが梅は身体だけじゃなくてハートも図太いと思った。

20年ぶりに梅と会って話し込んだり、怪しい探偵に調査を依頼したりで疲れたのか、次の日はめずらしく朝寝坊してしまった。

「ヤバいヤバいヤバいヤバい！　どうして起こしてくんなかったのよ！」

繭が血相を変えて走り回っていた。

「ママだって寝坊しちゃったんだからしょうがないでしょ！」

「パパがいないからって気ぃ抜かないでよ！」

制服の上着に片袖だけ腕を通して出ていこうとする繭を呼び止め、お弁当の袋を持たせる。

「靴下！　靴下！」

繭に急かされて、畳みかけの洗濯物の中から紺色の靴下を取って渡した……と思ったら、紺色のブラジャーだった。

「もう！　バカなの！」

繭はブラを投げつけ、自分で靴下を引っつかんで出ていった。

「ああ繭！　お弁当忘れてる！」

朝から大騒ぎだった。反抗期の子供はいつでも不機嫌だけど、朝は特に機嫌が悪い。母親が毎日いろいろ準備してくれるおかげで出かけていけることなど、まったく感謝する気もない。

でも、しょうがないのだ。私も同じだった。いや、もっと酷《ひど》かった。高校の頃は毎朝お母ちゃんに文句ばかり言って、ドタバタ出ていったものだ……。

8

もう最悪！　ホント腹立つ！

「何で起こしてくれんかったんよ！」

「何べんも起こしたやん」

私が寝起きが悪いのは知ってるんだから、ちゃんと起きるまでしつこく起こしてくれればいいじゃない。お母ちゃんは意地悪して、わざと私が寝てるの放っといたに違いない。娘が学校に遅刻しても何とも思わないんだから。

「靴下！　私の靴下どこ！」

「そこ吊《つ》ってあるやないか」

部屋の鴨居《かもい》にかけた洗濯ハンガーに、お父ちゃんのトランクスと並んで私の靴下が干してあった。

「もう！　お父ちゃんのパンツと一緒に洗わんといてや！」

急いでハンガーから靴下を外して履いた。例のダルダル靴下だ。

「早《は》よルーズソックス買《こ》うて！」

「朝ご飯ぐらいゆっくり食べて行き」

お母ちゃんは呑気《のんき》な顔して、私の腕を引っ張って座らせようとする。だから遅刻するって言ってるのに。全然私のこと考えてくれてない。みんなが囲んでいるちゃぶ台の上には、ホットプレートでお好み焼きが焼けていた。

「朝からお好み焼きなんか食べれへんわ！」

もう関西人なんて大っ嫌い！　無視して出ていこうとすると、お祖母ちゃんが怒鳴る。

「こら奈美！　ちゃんと飯食わんと、あんじょうやれんど！」

何でウチの朝はこんなにガチャガチャうるさいの。もっとオシャレな家に生まれたかったよ。ゴージャスな洋室で大きなダイニングテーブルを上品に囲んで、フレンチトーストかなんか食べて、外車で送り迎えとかしてほしかったわ。

「行ってきまーす！」

カバンを担いで縁側から出ていこうとすると、お母ちゃんがまた呼び止める。

「ほらほら、お弁当持ってき」

お母ちゃんの手からお弁当箱の包みを引ったくるようにして、私は飛び出していった。腹が立つ。本当に何もかも、いちいち腹が立つ！

家を出てしまえば腹立たしいことも忘れられる……かというと、そんなことはなかった。お昼にお弁当箱を開けて、私はガクゼンとなった。丸いタッパーのフタを開けると、一面に広がっている茶色い物体……。

「何これ！　ヤバい！　お好み焼きじゃん！」

隣の席の梅が目ざとく見つけて大声で言ったもんだから、芹香、裕子、心たちにワッと取り囲まれてしまった。もうダメだ。現行犯逮捕だ。

「えーっ？　お好み焼き？　ヤバ〜い！」

「下見て、下。これご飯だよ」

「炭水化物に炭水化物じゃん。ヤバッ！」

お母ちゃん何考えてるの。朝にみんなで食べてたお好み焼きをそのまま入れるなんて、手抜きもいいとこじゃん。だいたい、お好み焼きなんて冷めたら美味しくないじゃん。……いや違う、そこじゃない。私が言いたいのは、お弁当にお好み焼きオンザライスを持ってくる子なんて、この学校じゃ私だけだってことよ！

恥ずかしくてたまらない。私は急いでタッパーのフタを閉じ、包みにくるんだ。

「食べないの？」

「食べないよ！ 食べたくないよ！」

恥の証拠品を隠滅《いんめつ》してしまいたくて、包みの上に突っ伏して胸の下に敷いた。もう泣きたいよ。

幸い、心が話題を変えてくれた。

「ねえ、今日ひさびさに行っちゃう？」

裕子が「どこに？」と聞くと、心はチュッパチャップスを顔の前で持ち、長い髪をかきあげて、何だかエロいポーズをとった。

「いいねー」

それだけでみんなには意味が通じたらしい。何かヤバいところへ行くの？

「奈々、ひさしぶりにどう？」

芹香が声をかけると、一人窓際の自分の席にいた奈々がこっちを向いた。MDウォークマンのイヤホンを片耳外し、パンナコッタのスプーンを持つ手を上げて、オーケーの合図を返す。ああ、そんなちょっとした仕草がいちいち絵になるんだなあ……。

でも、私と目が合うと彼女の笑顔は消え、窓の方へ目をそらした。

やっぱり嫌われてるんだ。私がダサいから。お昼にお好み焼きを持ってくるようなダサい私は、奈々の友達にはなれないんだ。

「どこ行く？」

「パセラ」

「バンバンでしょ？　安いし」

「だってハニートースト食べたいもん」

私には分からない会話でみんな盛り上がってる。みんな楽しそう。私一人だけ淋しかった……。

学校が終わって、街へ繰り出していくみんなと一緒に、私も連れて行かれた。

駅前の歩道橋を、みんなは慣れた様子でズンズン歩いていく。裕子と心が先頭を歩き、私は梅に肩を組まれて、その後ろを芹香と奈々がついて来る。私一人だけこの街で浮いてる気がしたから、梅が肩を抱いてくれてるのが心強かった。

Do you want Do what you want CANDY GIRL!
Do you want Do what you want CANDY GIRL!
Do you want Do what you want CANDY GIRL!

今朝もミニのスカートで　人ゴミの中走ってく
ママが言うのチカンに気をつけるのよって
私の元気にかなうやつなんていないわ
可愛いだけじゃないのよ　優しいだけじゃつまらないでしょ
さぁ声をかけて　明るく微笑むから

座ったままの PRETTY DOLL それじゃ淋しすぎるから
今日からボディをシェイプアップ　誰にも負けない
輝く〝なにか〟のために　明るい明日を約束してね

街にhitomiの『CANDY GIRL』が流れていた。ここは東京。これが都会の女子高生の放課後。でも私はキャンディなガールじゃない。

「ねえ、このコも連れてくの？」

後ろで奈々の声が聞こえた。

「いいじゃん、オヤツも持ってんだから。ねえ、奈美」

芹香がそう言ってくれたけど、オヤツってお好み焼きのこと？

「ウッザ……」

奈々は本当に嫌そうな顔で、スッと先に歩いていった。梅は私から離れて、「奈々ぁ」と後を追っていく。私、完全に嫌われてる……。

落ち込んで立ちすくんだ私の肩に、芹香が手をかけてくれた。

「あんたたち似てるよね」

「え？」

「奈々もそう思ってんだよ、たぶん」

私と奈々が似てる？　ないない。それはない。慰《なぐさ》めてくれるのは嬉しいけど、いくら何でもそれは無理があるよ。

「行こ！」

芹香に背中をポンと叩かれて、みんなの後を追った。すぐ先でみんなは立ち止まっていた。私たちを待ってくれてたわけじゃなくて、何か問題発生らしかった。みんなの視線の先を見ると、狭い路地裏に見覚えのある制服3人組がいた。転校初日に私にからんできてた、あの日焼け3人組だった。サラリーマンっぽいスーツを着たオジサンと何か話している。

「いいから財布出してくださいよ」

「何で前金3万円なの？」

「1万、1万、1万。3人で3万円じゃないっすか」

そんなやりとりが聞こえた。すると芹香が前に出て、彼女たちの方へ近づいていく。

3人組のリーダーがオジサンのカバンをつかみ、「3万円出してくれないと警察ですよー」とか大声出して揉《も》めていた。

「おいコラァーーーーっ!!」

芹香が物凄い声で怒鳴った。

「リーマン狩りとかダセェことやってんじゃねえぞ！　ブリタニ！」

「名字で呼ぶなよ！　ミレイって下で呼べ」

日焼け3人組のリーダーが怒鳴り返した。

鰤谷《ぶりたに》美礼《みれい》。それが彼女の名前だと梅が説明してくれた。

「鰤谷は芹香とずっとやり合ってんの。中学までは仲良かったんだけどね。高校デビューして遊び回ってるうちにドラッグにハマっちゃってさ。……もうさすがにやめたと思うけど」

ドラッグって……本格的にヤバいヤツじゃん。こんなの放っといた方がいいんじゃないかと思ったけど、芹香に続いて裕子も前へ出た。

「焼きすぎてテリヤキみたいになってんぞ、鰤谷！」

日焼けした鰤谷の顔を、裕子がからかった。鰤谷のテリヤキ。うまいシャレがツボに入ったらしく、鰤谷の仲間の二人も下を向いて笑っていた。鰤谷が怒り狂って裕子に言い返す。

「テメエは貧乳《ひんにゅう》だろ！ マイナスZカップ！」

「はぁ！ 減らしすぎだろ！」

笑ってる場合じゃなかった。どうやら鰤谷チームとこっちチームのケンカが始まっちゃってるよ、これ。

「金がねえなら大人しくパンツでも売っとけや！」

芹香がドスのきいた声でスゴむ。さすがオトコマエだよ。でも、相手にしない方がいいんじゃや……。

「あー、でもオメェのパンツじゃ売れねえな。小学校ん時、ウンコ漏《も》らしたもんなあ」

芹香は口撃をやめなかった。

「何だとテメー！」

とうとう、鰤谷と芹香のつかみ合いが始まった。

「どうする？ 手伝う？」

裕子が聞くと、心はお気に入りのベストを指でつまんで、「えー？ このラルフ汚したくなぁい」と渋ってる。

　向こうは3人がかりで芹香を引きずり回し始めた。どうしてみんな黙って見てるの！　手を貸さなきゃ。このままじゃ芹香がやられちゃうよ！

　私はケンカなんてしたことがない。家族と口ゲンカはするけど、こういうマジにヤバい人たちとケンカなんか絶対にしない。街でからまれたりしたら、泣いて謝るか逃げるかしかない。でも芹香は違う。自分から鰤谷にケンカを売りにいった。芹香は間違ったことが許せない人で、許せないこととは徹底的に闘う人なんだ。あの日だって、私をイジメる鰤谷たちと芹香は闘ってくれた。ここで私が黙って見ていていいのか……。

　芹香が壁に叩きつけられてる。その時、私の中で何かが弾けた。カーッと頭が熱くなって、今まで出したこともないような大声で叫んでいた。

「んぎゃああああああ!!　やめぇコラァ!!　キャンキャンゆうとったらなあ！　口に手ぇ突っ込んで、奥歯ガタガタいわすぞコラァ!!　あーっ!!　それとも耳の穴にストロー突っ込んで、脳味噌チュウチュウ吸うたろかーい!!」

　お祖母ちゃんが憑依《ひょうい》したみたいに私は叫んでいた。

「うりゃあああああーっ‼」

自分の声とは思えないような声を出して、私は夢中で突進していた。転校初日に笑われた手提げバッグをブンブン振り回して投げつけた。

バッグが飛んでいく。バッグの中からお弁当箱が飛び出て、お好み焼きが宙に舞う。真っ直ぐ鰤谷の顔めがけて飛んでいく。

ベチャァッ！　お好み焼きがキレイに鰤谷の顔に貼《は》り付いた。

「いやぁあああああ！」

悲鳴を上げてもがく鰤谷。仲間の二人が鰤谷の手を引っ張り逃げていった。

勝った。何かよく分からないけど、私が芹香を救った……。

「奈美、大丈夫？」

梅に言われて我に返った。え？　私、何をやってたんだろう。みんながドン引きした顔で私を見ていた。芹香も絶句《ぜっく》して何も言ってくれない。

ああ、やってもうた……。そう思ったら、肩から力がガクッと抜けた。力が抜けたら、お腹がグーと鳴った。

「お腹……すいた」

そう言うと、みんながゲラゲラ笑った。

yeh yeh yeh yeh yeh
wow wow wow wow
yeh yeh yeh yeh yeh
wow wow wow wow
yeh yeh yeh yeh yeh
survival dAnce! Survival dAnce!
trial dAnce!

みんなでtrfのsurvival dAnceを歌った。サビのところで「フォーッ！」と飛び跳ねる。

鰤谷との一件の後、連れて来られたのはカラオケボックスだった。ああ、そっか。お昼に心がチュッパチャップスを手にしてやっていたポーズは、マイクを持つジェスチャーだったんだ。

曲が終わると、芹香がマイクを持って言った。

「じゃあ、奈美をウチらのチームに入れるってことで。いいですかぁ！」

イェーイとみんなが答える。でも、奈々だけはソファに腰かけ黙ってアイスコーヒーを飲んでいた。

「奈々は？」

芹香が聞くと、奈々は興味なさそうな顔をしてたけど、「好きにすれば」とボソッと言った。

イェーイとみんなが私に抱きついてきた。奈々も渋々だけど認めてくれたんだ。私、このチームの一員になれたんだ。

よくよく考えてみると、こうなったのもお母ちゃんのお好み焼きと、お祖母ちゃんの憑依のおかげ？　関西人の血のおかげで東京女子高生ライフに合格って、そんなのありえないと思うけど……まあいいか。最悪だと思ってた日が、最高の日になったんだから。

9

翌日の放課後、梅の家に呼ばれた。梅に似合わず……と言ったら失礼だけど、キレイな家だった。リビングも広々していて、ウチの工場ぐらい広い。

何事かと思っていると、チームの一員となった私に、みんなが今どきのファッションアイテムを用意してくれていた。みんなとお揃いの白いベストを着せられて、着こなしも細かく指導を受ける。スカートは思い切り短くたくし上げて、シャツのボタンは第二ボタンまで開けて。念願のルーズソックスは、足首のあたりでクシャクシャに。

「はい、奈美。両手前に出して。こうすると顔が小っちゃく見えるの」

テーブルの上にお立ち台みたいに立たされて、流行《はや》りのポーズで裕子に写真も撮ってもらった。うまくポーズできなくて恥ずかしいけど、嬉しい。私もいつか『egg』に載ったりできるのかな……。

プチ撮影会みたいなのをやっていたら、リビングのドアがガチャッと開いた。入ってきたのは、サングラスを前髪の上に載せた小太りの男性。おぉっ、と彼が驚く。

「はーっ。17年一緒にいても慣れねえな、お前の顔は」

写真用の表情を私に指導するために唇を突き出していた梅の顔を見て、彼がそう言った。

「アニくん、ひさしぶりーっ」と芹香が手を上げ、みんなが「おじゃましてまーす」と挨拶する。この人、梅のお兄さんらしい。年齢的には大学生ぐらいかな。続いて、アニくんの友達らしき男たちがドヤドヤと入ってきた。芹香たちがイェーッと指さし合って挨拶してるのを見ると、みんな顔見知りのようだ。

「おー、後で部屋来いよ」と、アニくんが芹香に声をかけたが、芹香は「行きませーん」と断った。

するとアニくんが突然「うぉーっ！」と1オクターブ高い声を上げた。部屋の隅にいた奈々に気づいたのだ。

「奈々ちゃん、見たよ！　今月の『egg』！　超可愛かったぁ！　チョベリグチョベリグ〜！」

アニくん、完全に声が裏返ってる。奈々が手を振ると、周りの友達もヒューッとか言いながら、ドキドキしちゃってる。アイドルのイベントに来てるファンみたいだった。そりゃそうだよね。私だって奈々に憧れてるんだもん。男子たちから見たら天使だよね。女神だよね。

さっきまでは私がみんなの真ん中に立ってたんだけど、一発で奈々に主役を持っていかれた。

「やめて！　うるせぇ！　上がれ！」

梅がアニくんたちを2階に追い立てる。その時、ガチャッと再びドアが開いた。入ってきたのは……。えっ？

同じくアニくんの友達らしい男性だったけど、雰囲気が全然違う。首にヘッドホンをかけ、長身だけど猫背《ねこぜ》気味《ぎみ》にうつむいて歩く感じがカッコいい。ロン毛をかきあげながら見上げた眼差しが……美しい。

「ワタルさぁん」

その人に呼びかける梅の声も全然違う。今まで聞いたこともないぶりっ子な声だった。ワタルさんと呼ばれた彼が「おお、仲いいね相変わらず」と笑顔で返すと、裕子や心、芹香まで目がハートマークになっちゃってるよ。

「ワタルさん、お腹すいてません？　何か作ります？」

「じゃあ、梅の得意なペヤング作ってよ」

「はい！　愛情こめて作りますっ！」

梅ったら、真っ赤な顔して最敬礼《さいけいれい》までしてる。

「ははは、ヨロシク」

爽《さわ》やかに笑って階段の方へ向かった彼が、私の前で立ち止まった。

「あ？　このコは？　見ない顔だね」

え？　私のこと？

「新メンバーの奈美です」と裕子が紹介してくれたけど、私は固まって言葉が出ない。緊張しちゃって目を見ることもできない。

「奈美ちゃん、よろしくね」

奈美ちゃんって呼ばれた！　チラッと見上げたら目が合っちゃった。私にニコッと微笑んだ！

階段を上がっていくワタルさんの後ろ姿をボーッと見ていたら、頭をピコンと叩かれた。芹香がピコピコハンマーを振り上げて立っていた。

「何ドキッとしちゃって！　顔が赤くなっててんじゃん！」

え？　私の顔赤い？　そう言えば熱い。

みんながキャーッと寄ってきて、私をもみくちゃにして「バレバレだぞー！」とひやかす。何よ、みんなだってワタルさん見てメロメロだったくせに。

ワタルさん……藤井渉《ふじいわたる》という名前だと、後で梅から聞いた。

そうやって待っていても無駄だって
みんなわかってるけどね
じゃあ何で待っているのかって
聞かれた時に気がついた

殴り合う事じゃなくて
傷つけられたくない
うずくまってガマンしてるのって
痛そうで　つらそうで　後がない

今日が終わるたび
胸をなで下ろすなんてやめよう
あきらめること　許したら
HELLO だって言えなくなるから

こうして私は都会の女子高生への道を歩き始めた。みんなと毎日つるんで、スクランブル交差点もスイスイ渡れるようになった。プリクラでポーズとったり変顔したりするのも上手になった。お化粧のしかたも芹香に教えてもらった。心の「この前ねー電車乗ってたら耳元でおっさんがねー、30万でどう？　とか言ってきたのー」みたいな話にもギャハハと笑えるようになった。テレクラに電話しておっさんをからかう遊びも覚えた。夜の街でおっさんから「大人なめてんじゃねーぞ！」って怒鳴られても、「なめてまーす！」って言い返せるようになった。

この道がどこへ続くのかなんて知らない。でも、みんなと一緒に歩いている今が幸せ。転校してきた日、あんなに不安だったのが嘘みたい。今はここが私の居場所なんだと思える。みんなのいる場所が私の居場所。私はそこにいる。

どこへでもつづく道がある
いつの日か I'll be there……

10

梅と会って「あの頃、みんなでカラオケで安室ちゃん歌ったね」という話をしたら懐かしくてたまらなくなって、家に誰もいない午後、安室ちゃんのベストアルバムを一人で聴いた。聴いていると歌いたくなる。歌っていると踊りたくなる。踊っていると……着てる服が気になる。

自分でも何をやってるんだろうかと思ったが、私は繭の部屋へ行って、彼女の制服のシャツとスカートをこっそり持ち出してきた。シャツの袖をまくり上げて、胸は第二ボタンまで開けて。お腹はきつかったけどスカートも何とか入った。ルーズソックスの代わりに足首に白いタオルを巻いて洗濯ばさみで留めて、それ風にしてみた。

ええ、分かってます。他人が見たらオバサンの宴会芸にしか見えないだろうということ。でも、鏡の前に立って自分で見ると気分が上がった。あの頃に戻ったような気がした。

「どこへでも～続く～道がある～♪　い～つの日か～♪　アイルビーゼアー♪　アイルビーゼアー♪　アイルビーゼアー♪」

大声で歌って踊って、クルッとターンしたら……心臓が止まりそうになった。

目の前に繭が立っていた。夢中になって彼女の帰宅時間になっていることに気づかなかった。

「ただいま……」

娘は特に驚いた風でもなくクールに、ただコントみたいになっている母親を思い切り軽蔑の目で見ていた。私は「お帰り……」と言いながら背を向ける。娘の冷たい視線には慣れているが、今の彼女の視線の温度は絶対零度だった。寒い……。「穴があったら入りたい」という言葉を千回唱えたい。

「何それ？　コスプレ？」

返す言葉が何もない。私は「あ……」とか「いや……」とか、小さい声を出すのがやっとだった。間が悪いことにテーブルに置いたスマホの着信音が鳴り始めたが、動くこともできない。

「自分用の買えば？」

吐き捨てるように言って、繭は自分の部屋へ行った。やっと動けるようになった私は鳴り続けているスマホを手に取った。

あの探偵からの電話だった。

「はい。え？　見つかったんですか？」

「ええ、まず一人。……裕子さんね。見つかりましたよ」

うさん臭い探偵は、意外に仕事が早かった。


翌日、私と梅は中川探偵の車で裕子のところへ案内された。探偵が車を停めたのは白金のプラチナ通り。道沿いにトレンディなレストランが見える。探偵の調査によると、裕子が今日ここでランチをしているらしい。

「ほら、あれですよ」

探偵が指さしたレストランのテラス席に、小型犬を連れたカップルが座っていた。梅がオペラグラスで確認する。

「あれが裕子？　めっちゃ胸が大きくなってんだけど」

梅は私にもオペラグラスを覗かせる。確かに、カップルの女性のざっくり開いたニットの胸元から、巨乳がこぼれ落ちそうになっている。貧乳がコンプレックスだったあの裕子とは思えない。

探偵の説明によると、去年、婚活パーティで知り合った病院の経営者と結婚したのだという。

「お医者さん？」

「超セレブじゃん」

裕子は玉《たま》の輿《こし》に乗ったのか。ただし、あれが本当に裕子だとしての話だが。

「病院というのは、美容整形外科ですけどね」

それを聞いて梅も私もピンときた。

「じゃあ、あの胸……整形⁉」

私たちは車を降り、レストランの前の歩道から様子をうかがった。昔とすっかり雰囲気が変わっていたが、近くで見ると間違いなく面影がある。梅と二人で「裕子だ」と頷いた。

インスタにでもアップするのか、夫婦でツーショットを自撮りしたりして、新婚らしくイチャついている。しばらくすると携帯が鳴り、旦那は膝に乗せていた犬を裕子に預け、電話に出ながら席を立っていった。それを見て、私たちはそっと裕子の方へ近づいた。

「何なにぃ～？　どうちたんでちゅかぁー」

巨乳セレブ化した裕子は、赤ちゃん言葉で犬に話しかけていた。

「あーら可愛いワンちゃん」と梅が声をかけると、裕子は「どうもー」とこっちも見ずに答えて犬をかまっている。

「ひき肉にして食べちゃいたいわぁ」

「はぁ？」

裕子がやっと私たちを見た。

「ひさしぶりじゃーん」

「裕子」

そこでやっと裕子も気づいた。

「えっ……奈美？　梅！」

梅が高校時代みたいな裏ピースでニカッと笑ってみせた。

私たちが裕子のテーブルに相席《あいせき》させてもらうと、彼女は店内の方に目をやって旦那が戻ってくるのを気にしているようだった。

「奈美は本当に変わらないわね。すぐに分かったわ」

裕子は喋り方もすっかりシロガネーゼになっている。

「そう？」

「そうよ。梅も昔のままね」

裕子は梅の体型を舐め回すように見た。梅がムッとして言い返す。

「あんたの胸はまるで別人だね。マイナスAカップだったのに」

「はぁ⁉」

思わずキレかけた裕子の声は、聞き慣れたあの頃の調子に戻っていた。

そこへ、「あれ？　お友達？」と旦那が戻ってきた。

「うん、昔の」と裕子が言葉を濁す。

「ああ、じゃあアレだ。バレエ団の？　それとも乗馬クラブの時の？」

「うーん……そうそう。その頃の」

私たちは勝手にセレブなお友達にされていた。

「へえー。裕子はねえ、昔のこと全然話してくれないんですよ」

真顔でそう言う旦那を見て、梅は笑いをこらえきれないという感じで顔を歪《ゆが》めた。

「あんたがバレエ？　乗馬？……フフ、まあこれもある種の援助交際だね」

裕子が必死に梅の言葉をさえぎる。

「あーあー！　あなた！　大丈夫なの？　時間！」

「ああ、これから3つもオペがあるから、夕食は一人ですませてくれる？」と、旦那は裕子の頬にキスをすると、「それじゃあ皆さん、ごゆっくり」と二本指で敬礼するみたいなキザなポーズして去っていった。

彼は裕子が渋谷のコギャルだったことなどまったく知らないのだろう。胸と顔だけじゃなく、過去も裕子は整形してしまったのか。

3人きりになっても裕子はマダム気取りを崩さず、私の家庭のことを聞いてきた。

「えー？　奈美の子供はいくつ？」

「高校1年生」

「そんなに大きいの？　信じられなーい」

「あんたのこの胸も信じられないよ」

梅が裕子の巨乳をつかむと、とたんにマダムは消え失せた。

「触んじゃねーよ！　テメェマジでぶっ殺すぞ！」

裕子の怒鳴り声に、店中の客がこっちを見ている。必死に取り繕《つくろ》う裕子がおかしかった。

「で、何よ。話したいことって」

そう、本題を忘れてた。

「うん、芹香にね、会ってほしいんだ」

私たちは店を出て、犬の散歩がてら帰る裕子について歩き、詳しい事情を話した。

当然、裕子もすぐに芹香の元へ駆けつけてくれると思っていたのだが、彼女の返事は思いがけないほど冷たかった。

「ふーん。そりゃ会ってあげたいけどさあ……」

「けど何よ」

「何かアレよ。もうあの頃みたいにはなれないっていうか。みんな違うじゃん。生活環境とか」

「何ぃ？　セレブな奥様気取り？」

梅が怒って言い合いになるのを、私は止めた。冷たいなとは思ったけど、裕子の考えも分からなくはない。誰かにとっての大切な想い出も、他の誰かにとっては思い出したくないことかもしれない。例えばこれが奈々だったら……。奈々が昔を思い出したくないと言ったとしたら、梅は同じように食ってかかることができるだろうか。

「引き戻されたくないんだよね、昔に」

「はぁ？」

「それにあんたたちムカつく」

「何で？」

「探偵なんか使ってコソコソとさあ」

さすがに、そこまで言われると私も心外だった。梅に代わって私が口を挟んだ。

「だってしょうがないじゃん、連絡先分からなかったし、時間もないし……」

ああ違う、そういうことを言いたいんじゃない。どうして私はいつも自分の思ってることをうまく言えないんだろう。裕子はもう会いたくないのかもしれないけど、私たちは裕子に芹香と会ってほしかったし、私だって裕子に会いたかったんだよって、本当はそう言いたかったのに……。言わないことは伝わらない。裕子は高飛車《たかびしゃ》な態度を続けた。

「個人情報が保護されるこの時代にありえないよね」

そういう難しいことを言われるとよく分からない。

「ねえ、その探偵ってどんな人？」

私たち、まずいことをしたんだろうか。

「名刺かなんかある？」

梅も何も言い返せず、バッグを探って探偵の名刺を取り出した。裕子がそれをサッと奪《うば》い取る。

「こんなところに私のことが知られてるなんて、我慢《がまん》ならないわ……」

裕子は名刺を握りつぶして持ったまま、「それじゃ、ごきげんよう」とスタスタ歩き去っていった。無理やりリードを引っ張られた犬がワンワン吠えると、裕子は犬に向かって「カーッ！」と吠え返し、「ったく、うるせえ犬だなぁ！」とセレブらしからぬ悪態をついて帰っていく。

裕子は昔から短気だった。何かヤバいことにならなきゃいいけど……と、彼女の後ろ姿を見送りながら思った。裕子が私たちや探偵を訴えたりして、お金使ってスゴ腕の弁護士をつけられたりしたら、慰謝料とか払わされるんだろうか……。

「個人情報保護？　あー大丈夫大丈夫」

後日、裕子の一件を中川探偵に相談すると、心配しすぎだと笑われた。

「そんなこと言ってたら探偵業が成り立つわけないでしょ。あたしゃこの道何十年のプロですよ。まあ報酬によっちゃヤバい手使うこともあるけど、おたくらの安い仕事でリスク背負うわけないっしょ。安心してください」

今日は梅を誘わなかった。彼女の前で裕子の話を出すとややこしくなりそうなのと、探偵に個人的に相談したいこともあったからだ。梅には知られたくない内容だった。

探偵が連絡してきたのは、残りの二人、心と奈々の調査状況についてだった。

「この二人については難航《なんこう》してましてね……。この時代によくもまあ、こんなに身を隠せるもんだなぁって」

ネットや携帯やＳＮＳが発達してる現代、個人情報はダダ漏れで、人探しは昔に比べて格段に簡単になっているらしい。

「ちょっと言いづらいんですけど、故意《こい》に身を隠してるとしか思えないんですよねえ……」

探偵は意味ありげなことを言った。故意に身を隠す？　何か犯罪に関わっているとか？　悪い想像が頭を駆けめぐった。心は昔から売春まがいのことを平気でするようなコだったし……奈々についても、犯罪とは別の意味で心配なことがあった。

「まあ一応、調査は続行しますが、時間はかかるかもしれませんので、あまり期待しないで気長にお待ちいただきたいと」

とにかく任せるよりなかった。うさん臭い探偵だけど、一人はすぐに見つけてくれたのだし。その腕を見込んで、私はもうひとつ、個人的な依頼をお願いするつもりで来ていた。こちらも高校生の頃から会っていない、ある人を捜してもらいたいという依頼だ。

「あのぉ、実は……もう一人捜してほしい人が」

「え？」

「この人も捜してほしいんです」

「ギャラさえいただければ何人でも」

私が知る限りのその人物の情報をまとめたメモと、昔の写真が入った封筒を探偵に差し出した時、背後でスマホの呼び出し音が鳴った。「もしもし」と電話に出る声が聞こえる。私一人だと思ったら、今日は別に来客がいたらしい。振り返ると、衝立《ついたて》の向こうに人影が見えた。「エサ？　そんなの冷蔵庫にあるもの何でも……」とか話している女性の声が聞こえる。探偵が「ああ……」と気まずそうな薄笑いを浮かべて、そっちへ立って行った。

待って、この声、どこかで聞いたことが……。

「いや、まだいらしたんですか？　もうお帰りになって結構ですよ。ご主人の浮気相手はすぐに見つけますから」

探偵が衝立の向こうの人に声をかけると、「ちょ、ちょっと……シッ」という女性の声。あっ！　この声！

私も立って、衝立の向こうを覗きにいった。……やっぱり。そこにいたのは裕子だった。梅を連れてきてなくて正解だった。

裕子が探偵の名刺を出させて持っていったのは、自分も依頼をするためだったのだ。近くのファミレスで裕子と話した。この間の強気とは打って変わって、彼女は元気がなかった。

「旦那さん、浮気してるの？」

「前から怪しいとは思ってたんだけど……若い女がいるっぽいのよ。しかも何人も」

「そうなの？」

あんなに仲良さそうだったのに。というか、むしろ裕子が旦那を騙《だま》してるように見えたのに。

「だから証拠つかんで、慰謝料ふんだくって離婚してやろうと思ったんだけどさ……。でも、後のこと考えると不安でさ……。奈美のところはいいわよね。円満そうで」

「……ウチだって外で何やってるか分かんないよ。娘だって最近は反抗期だし……全然円満なんかじゃないよ」

「え？　旦那とちゃんとセックスしてる？」

「あ……してない……」

「どれくらい？」

「娘が生まれてからだから、15年くらい……」

「15年!?」

裕子が大きな声を出すのであせった。セックスレスのことを人に話すのは初めてだった。どうして裕子には自然に話せたんだろう。今の私の生活に直接関係ない人だから？　それとも、やっぱり昔からの友達だから？

「それ、絶対浮気してるよ！」

「そうかなぁ……」

「そうだよ。あんたも調べてもらった方がいいんじゃないの？」

夫の浮気について考えたことがないわけじゃない。でも、調べて浮気が見つかったらどうするの？　離婚するの？　離婚して私、どうなるの？　それが怖くて、ただ今の生活が続けばいいと思って、私は見ないふりをしてきたのかもしれない。

「ていうかもう、ヤリまくってるよ」

「やめてよぉ……」

夫が浮気してるかどうかより、こんなところで「ヤリまくる」とか言わないでほしいと思った。裕子は昔から周りに聞こえるのも気にしないで下品なことを平気で言う。昔のまんま、口の悪い裕子は変わっていないと分かって嬉しかった。

「ねえ、今のコたちって、みんな大人しいよね」

裕子が話題を変えた。彼女が目で示す方を見ると、制服の女子高生の一団がテーブルを囲んでお茶していた。みんな会話もせず、それぞれ自分のスマホをいじっている。

「うん……ウチの娘もずーっとスマホばっか見てるもん」

たった20年で世の中はついていけないほど変わる。

「私らうるさかったよねー。よく店員に注意されてたもんね」

「みんな勝手に喋るだけで、全然話聞いてなかったけどね」

「毎日毎日、バカみたいに笑ってたもんね」

「何があんなにおかしかったんだろうなぁ……」

「写真もいっぱい撮ったよね」

「裕子、撮影担当だったもんね」

「今はスマホで画像撮ればタダじゃん。うちらフィルム代、現像代、プリント代かかったもん」

「そうだよねー。ありがたみが全然違うよね」

「あの頃、そこら中にスピード現像ショップってあったじゃん」

「行った行った。プリントして上がってきた写真見て、みんなで笑った」

「そんでマーカーで文字書くの。『ブス』とか」

「『貧乳』とか」

いつの間にか昔話になっていた。そうだよ裕子、こういう話がしたかったんだよ。

今日はあなたに会えて、話せてよかった。

11

今日はみんな制服を脱いで、私服でちょっと大人っぽくキメて渋谷の街に繰り出した。カラオケボックスで写真をバシャバシャ撮りまくり。スピード現像の店の前でさっそくプリントを見て、「何この顔！」「ヤバいよパンツ見えてんじゃん！」とか言って爆笑してた時だ。向こうから歩いてきたロン毛でヘッドホン首にかけた人……渉さんだった。

「あ、渉さんだ」って言おうかと思ったけど、みんな写真に夢中だし、私は何も言わずに一人離れて、渉さんの後をついていった。何でそんなことしたのか分からないけど、反射的に脚が動いてた。急に私がいなくなったらみんなが心配するかなとか、そんなことは何も考えなかった。心とか裕子とかよく消えるし。

こっそり後をつけると、渉さんは私に気づかずズンズン歩いていく。ついていくのに必死だ。脚長いんだなー。

私の知らない裏通りの、さらに奥の方へ……。え？　こっちって、ラブホ街とかある方じゃないの？　何か私、見ちゃいけないもの見ちゃうかもしれない……。ドキドキしながら尾行《びこう》を続けてたら、渉さんは坂道の階段のところに座り込んでる男の人と「ウィーッス」とか握手？　タッチ？　みたいな挨拶して、その脇の建物の中へ入っていった。

何かのお店？　ドアの向こうから音楽が聴こえてる。どうしよう。帰る？　でも、せっかくここまで来たんだし……。

とりあえず、中を覗くだけ覗いてみよう。そう決めて、ドアに手をかけた。分厚くて重いドアを開けると、ガーンと音が大きくなった。ヒップホップ？　何かそんな感じの曲。

薄暗い通路をおそるおそる入っていくと、中はすごく広くて、大勢の人がいた。広いけど中も薄暗いし、タバコの煙が充満してる。みんな立って、お酒を手にして、音楽に合わせて身体を揺らしてる。これってもしかして、クラブってやつ？

渉さんは……と捜すと、いた。奥の方で女の子とハグしたり、男の人にレコードジャケット見せて何か楽しそうに話してる。そっちを見ながら歩いてたら、ドンと脚が何かにぶつかった。ハッと見ると、カウンターみたいなのがあって、ロン毛にヒゲ、タバコくわえて両腕がタトゥーだらけの人が「いらっしゃい。何にします？」と愛想のない声をかけてきた。

何にしますって言われても……。

「何？　中学生？　牛乳でも飲む？」

「違います。ビールください」

中学生って言われたのが悔《くや》しくて、勢いでそう言っちゃった。タトゥー店員はニヤッと笑って、ビール瓶の栓《せん》を抜いた。ボトルを私の前に置くと、「じゃあ、キャッシュオンで」と言うので、「はい、キャッシュオンで」と答える。キャッシュオンって何？……聞けないよ。キャッシュオンも知らないのかってバカにされそう。知ってるふりするしかない。

「だから、キャッシュオン」

「はい、キャッシュオン」

何、この会話？

「だからぁ、お金。引き換え。千円」

外国人に日本語教えるみたいに単語で言われた。何だ、前払いってことか。ならそう言ってよ。私は財布からなけなしの千円札を出してタトゥーに渡した。ビール瓶を受け取ると、飲んだことないのがバレちゃいけないと思って、グッと一気にあおった。

ゲッ！

初めて飲むビールは苦くてクソマズかった。我慢できずにブアーッと吐いたら、前にいた男の人たちに激しくかかっちゃった。ゴメンナサイ、ゴメンナサイと言いながら、とにかくその場から逃げた。

渉さんの近くへ行こうとしたら、さっきいた場所に渉さんはいない。

どこ？　どこ？　渉さん……と、店の中を見回していた時だった。

フワッと私の耳が何かに包まれた。今まで聴こえていた激しい音楽がフッとかき消えて、優しいメロディが頭の中に流れてきた。

なけない女のやさしい気持ちを
あなたがたくさん知るのよ
無邪気な心で私を笑顔へ導いてほしいの
ぎゅっと私を抱きしめて

振り返ると、目の前に渉さんが立っていた。息が止まりそうになって、時間がスローモーションになったような気がした。頭の中真っ白になったけど、そうか、渉さんが私の耳にヘッドホンをかけてくれたんだと分かった。私一人だけが今、渉さんの選んだ曲を聴いて、渉さんに見つめられている……。

そう　いいかげんな男が　あなたの理想だとしても
この愛が自由をこわすって？

でも勝手だってしからないで
手をつなごう　手を　ずっとこうしてたいの
手をつなごう　手を　ずっとこうしてたいの

ずっとこうしていたい。このまま時が止まってほしい。ずっとこのまま、渉さんと見つめ合っていたい。……と思ったけど、渉さんが何か喋りかけているので、私はヘッドホンを耳から外した。

「梅の友達だよね。この前、家にいた」

「ああ……」

「よく来るの？　ここ」

「あ、いや、あの……ノドかわいて……」

「そうなんだ。あーでも、これはまだちょっと早いね」

渉さんはそう言って、私の手からビールのボトルを取ってグイッと飲んだ。あ、それ、間接キッスですけど……。

「俺、ここでたまに回してるんだ」

「回す？」

「ああ、ＤＪやってるんだよ」

「ＤＪ？」

「今度来てよ」

渉さんがまたビールをグビッと飲む。ゴクッ、ゴクッとノドボトケが動く。ステキ……。カッコよすぎて頭がクラクラする。このまま見つめてたら気絶しちゃいそうで、私は「トイレ……」と言って逃げてしまった。


トイレかと思って入ったところは、倉庫みたいなところだった。とにかく誰も見てないところへ来れたので、さっきから爆発しそうだった魂の叫びを声にして出した。

「何なん！　何なんこれ！　運命ちゃうのこれ⁉　渉ごっつカッコええやん‼　ぐうーっ！　キラッキラしとったぁ‼」

壁に向かって一人で大興奮してたら、後ろから誰かに声をかけられた。

「カッペが来るようなところじゃないんだけど」

鰤谷チーム3人組だった。ウソでしょ？　せっかく夢みたいな気分だったのに、何であんたたちが現れるの！

「トイレ行きたいんだろ？　いいよ。ここで漏らしな」

何？　渉さんと話してたのずっと見られてたの？

「鰤谷……」

「だから名字で呼ぶんじゃねーよ！」

いやいや、鰤谷さんは鰤谷さんだし。そこキレられても困るんですけど。

「お前、調子乗んなよ！」

鰤谷に胸倉つかまれてコンクリートの壁に押しつけられた。

「回収ー。はい回収ー。ありがとうございまーす」

2人に腕をつかまれて、鰤谷に財布を奪われた。

「ダッサい財布だなこりゃ」

鰤谷がケラケラ笑いながら、私の赤い財布のベルクロをベリッと開いて、残りの千円札を取り出した。

「おい、これ千円しか入ってねえじゃねーかよ！」

鰤谷が怒って財布を投げ捨てる。

「まあ、でも生パンツ売れば2万にはなるかな。はい、脚開いてー」

鰤谷が私の腰に手をかけてきた。

「無理無理！　無理無理無理！　ギャーッ」

必死に叫んで抵抗するけど、鰤谷は手をゆるめない。

「うるせーよ！　ドラマじゃあるまいし、誰も助けになんて来ないからぁ、はっはっは！」

悪魔が笑ってる。もうおしまいだと思ったその時、奇跡《きせき》のように天使が舞い降りた。

「やめろ！」

通路から響く、その声は……。鰤谷が振り返る。暗がりの中から現れた天使は、渉さんだった。

「超カッコいいんですけどぉー」

本当に渉さんは超カッコいい。でも、鰤谷は嫌味で言ってる。男と女でも、1人と3人じゃ渉さんの分が悪いんじゃ……。

「これから、もーっとカッコよくなるんだよ……」

渉さんがタバコをふかしながら低い声でそう言って、こっちへゆっくり来る。

「どうやって？　これよく見るやつ。逆にダサいやつー」

鰤谷たちは余裕で笑ってる。

渉さんは怖い表情になってタバコを口にくわえると、そばに捨ててあった長い蛍光《けいこう》灯《とう》の管をつかんで、バリーンと壁に叩きつけて割った。砕けて尖《とが》った蛍光管の先を、鰤谷の鼻先に突きつける。

「ウォーッ‼」

オトコの迫力。渉さんが唸り声を発すると、鰤谷たちはキャーッと悲鳴を上げて、あっけなく逃げていった。

私はただ呆然《ぼうぜん》としていた。今ここで起きたことの整理がつかない。分かっているのは、渉さんがカッコいいということだけだ。

「はっはっはっは……ビビったぁー」

渉さんは優しい顔に戻って笑っていた。

「え？」

「怖いねー。最近の女子高生は」

すぎるよぉ。

「……はい」

「大丈夫だった？」

渉さんは壁にもたれてタバコを吸いながら、私に微笑んだ。カッコいい。カッコよ

夢みたいな時間はまだ続いていた。渉さんが心配して、私を家まで送ってくれることになった。夜道を二人で歩いた。雨が降ったらしく、濡れたアスファルトが外灯に光ってロマンチックだった。

「奈美ちゃんには将来の夢とかあるの？」

「え……いや特に……」

「俺も。来年から就職活動始まるんだけどさ、全然ピンとこなくて。……DJで食っていけたら最高なんだけど、そんなに甘くないだろうしなあ。……とりあえず、サラリーマンになるしかないのかなあ」

知ってる。これ知ってる。男が女の前で夢を語るやつ。ドラマで恋が始まる時のやつ。

「渉さんなら、なれると思います。ＤＪ……」

そして、彼女は彼の夢を信じて後押しするの。

「そう？」

「はい。声もステキだし。ま、ラジオだから顔が見れないのが残念なんだけど……あの……島にいた時は、いつもあの、福山雅治のオールナイトニッポンとか聴いてて、あの人もすっごいおしゃべり面白くて」

「そっちのＤＪじゃないんだけど。フハハ……」

渉さんはウケて笑ってた。そっちじゃないＤＪって？

「でもありがと。あ、今度知り合いの店でイベントやるんだけど、遊びに来てよ」

チラシみたいなのを出して、私に一枚くれた。なんかオシャレなデザインのチラシ。横文字ばかりで何のイベントなのかよく分からないけど、男の人の写真がいくつか並んでて、真ん中のいちばんカッコいい人が渉さんだった。写真の下に「ＤＪ WATARU」って書いてある。

「ＤＪワタル……カッコいい……」

チラシの下の方に大きい文字で「10, 9 SUNDAY」とあった。10月9日の日曜日か……行く行く、絶対行く！　私は「はい」と答えた。そしたら、渉さんが真っ直ぐ私の顔を見てる。すごくマジな顔で見てる。

え？　え？　え？

これってもしかして……もしかして……？

スーッと、渉さんの顔が私に近づいてくる。彼の手が私の頰へ伸びてくる。

ヤバいよ、ヤバイよ、えーっ‼

私は覚悟を決めて目を閉じた。

「ガム」

「え？」

渉さんの手は私の髪にからんだガムをつかんでいた。

「さっきついたんだねー。うわぁ、これ取れないねー」

「えっ？　えっ？　うわー。もう最悪ー」

何よ！　何これ！　期待するじゃん！　勘違いした私、すっごく恥ずかしいじゃん！

「ダメだなこれ。あのね、サラダ油つけたら取れるって、『伊東家の食卓』でやってたよ」

「あ、はい……。あ、じゃあ。ウチ、もうすぐそこなんで……」

本当はもう少し先だったけど、恥ずかしすぎてここで別れたかった。

「じゃあ、またね」

行きかけた渉さんが立ち止まって振り返る。

「ああ、そうだ。今度あのコたちに変なことされたら、彼氏って言って、俺のこと」

「え？」

「おやすみ」

渉さんは手を上げて去っていった。その後ろ姿を見送りながら、私はニヤニヤが止まらない。

「うふっ、ンフフ……彼氏？」

笑いがこみ上げてくる。何なのこれ。今日は上がったり下がったりのジェットコースター展開が止まらない。最後の最後に頂点に上がっちゃったよ。いやもう、コースターが空飛んで天国まで行っちゃったよ。

「彼氏！ ヒャッハーッ！」

私はスキップして家に帰った。

ところが世の中甘くない。家に帰ると現実という地獄が待っていた。

「ただいまー！」

ウキウキ気分で居間へ入ると、家族が食卓で揉めていた。

「もうアカン！　ええかげんに働くされお前は！」

お父ちゃんがちゃぶ台を叩いて兄ちゃんを叱ってるところだった。

「どうせ1999年で世界は終わるんや！」

兄ちゃんはまたアホなことをほざいてる。

「何を言うとんねん！　終わらん！」

「ハルマゲドンですべて破滅するんじゃ！」

「するかボケ！　ちょっとは働け！　社会に出ろお前は！」

「震災もエヴァもなぁ、全部その予言やねん。だからそれまで好きなことするねん、俺は！」

二人のやりとりを聞いて、お母ちゃんはワーワー泣いていた。気持ちは分かる。

「何や好きなことて！」

お母ちゃんが泣き叫んだ。

「それが分からんから困っとるんやないかい！」

最悪や。せっかく好きな人のこと考えて幸せな気分で帰ってきたのに、ウチに帰るとハルマゲドンや。


翌日、学校へ行くと当然「昨夜はどこ行っちゃったの」と聞かれた。渉さんといいカンジになっちゃったって言いたかったけど、死んでも言えない。一人抜け駆けしたなんて言えるわけない。ちゃんと別の言い訳を考えてあった。

「あの時、ウチのお兄ちゃんが歩いてるの見かけて……」

役立たずの兄ちゃん、これぐらいは役に立ってもらわないと。

「奈美のお兄ちゃんって、オタクの？」

「うん、こんなところに何しに来たんだろうと思って後つけたら見失って、道に迷っちゃって……」

「ああ、オタクの店じゃない？　マンガの古本とか、怪獣のオモチャとか売ってる店があるんだよ、あの辺に」

「へえー。……で、一人でウロウロしてたら、ヤバいことなっちゃって……」

ここから先は本当のことを話した。鰤谷たちに捕まって、カツアゲされたこと。言ってしまってから後悔した。それを聞いて芹香が黙ってるわけなかった。

「……鰤谷。許せねー！」

芹香は激怒していた。

どうやら私は、芹香と鰤谷のハルマゲドンに火をつけてしまった……。


学校は夏休みに入った。みんなで水着を買って、サマーランドのプールへやって来た。でも泳ぎに来たわけじゃないし、ナンパされに来たわけでもない。今日は決戦の日だった。鰤谷たちがここへ来るという情報が入っていたのだ。

「上等だよ。決戦はサマーランドだよ！」

おう！　とみんなが立ち上がっちゃったのだ。奈々を除いて。

「いいよ、仕返しとかしなくて、別にケガとかしなかったし……」

私は必死に止めたけど、芹香たちは本気だった。

「そういう問題じゃないんだよ」

「仲間が傷つけられたら、みんなで守るのがウチらのルールだから！」

「奈美、アンタはアタシたちの大事な仲間なんだよ。アイツらマジでぶっ殺してやる！」

あーヤダ。なんか『クローズ』みたいになっちゃってる。もっと少女マンガチックな夏休みがよかったよ。プールでステキな男の子と遭遇《そうぐう》とか、そういう方向へは行けないの？

行かないんだよね。もうみんな目が血走っちゃって、横一列に並んでプールサイドを行く。まるでヤクザ映画の殴り込みだよ。裕子と心なんかマシンガンみたいな大型の水鉄砲構えちゃって、セーラー服と機関銃じゃなくて、ビキニと水鉄砲だよ。

「いたぁ！」

プールの中に鰤谷たちがいた。日焼けした身体の色が濃いからすぐ分かる。ビキニ着て頭に大きな花つけた鰤谷が、仲間とキャピキャピやってた。

「ヤッチマイナー！」

梅が叫んで、原始人の武器みたいな、鎖の先に砲丸みたいなのがついたやつ、プラスチックのオモチャだけど、それをブンブン振り回しながら鰤谷たちめがけて突進していく。

ウォーッとみんなも走る。どうしよう？　私も行くの？

鰤谷たちも気づいて、ウォーッとこっちへ向かって走ってくる。

ああ、もうやめられない止まらない。「女子高生がプールで大乱闘！」ってニュースになっちゃうかも？

芹香がダッとジャンプして鰤谷に飛び蹴《げ》りをお見舞い……しかし鰤谷、それを器用にかわした。

殴る蹴る、つかみ合うの大騒ぎ。水しぶきを上げて、敵味方が入り乱れる。

心が発射した水鉄砲を顔に浴びて敵の一人がひるむと、裕子が髪の毛つかんで水に沈めた。もう一人も裕子たちが捕まえて、私も気がついたら、フリスビーでそいつの頭をバンバンはたいてた。

味方をなくした鰤谷は、梅がぶん回す砲丸もかわして、一人で逃げた。

「待てぇ!!　どりゃあああー!!」

芹香が水の中をバシャバシャとダッシュで追う。梅がバレーのレシーブみたいに両手で芹香の足を受け止める。その勢いで芹香がスーパーハイジャンプ！
逃げる鰤谷の背中に芹香の右足がドーンと命中して、鰤谷はついに撃沈した。

近ごろ私達は　いい感じ
悪いわね　ありがとね　これからも　よろしくね
もぎたての果実の　いいところ
そういう事にしておけば　これから先も　イイ感じ

もしも誰かが不安だったら
助けてあげられなくはない
うまくいっても　ダメになっても
それがあなたの生きる道

スカッとした。暴力反対、ケンカはやめて、って思ってたけど、みんなでウォーッと突進した時、私の中でも血が沸き上がるのを感じた。鰤谷を倒したことより、みんなで一つになれたのが最高にいい感じだった。

12

一通り家事もすませて、さて午後はどうしたものかと考えていた頃に、芹香から電話があった。メイクをしてほしい、と言う。メイクぐらい自分でできるはずだけど、ずっと病室に一人じゃ気が滅入るだろう。私に会いたいんだなと思うと嬉しかった。すぐに行くと伝えて準備をしていると、梅からも連絡が入って、一緒に行くことになった。ここ最近、梅とは頻繁《ひんぱん》に連絡を取り合っている。

やわらかい夕陽が芹香の病室をオレンジ色に照らしていた。梅は窓辺のソファに座ってお見舞いのゼリーを食べている。私は芹香にメイクしてあげていた。ベッドに向かい合って座り、目を閉じている芹香の目元をパフで押さえる。近くで見ると、昔からすっきり細い顔立ちだったが、やっぱりかなり痩せたなと思った。

「どうしたの？　急に」

メイクをしてほしいなんて口実に違いない。何か本題があるんだと思って聞いてみた。芹香は大きな目をぱっちり開けて、「イエ〜イ！」と笑顔で言った。

「イエ〜イ？」

梅もゼリーをすくう手を止めて、訳が分からないといった顔をしている。

「そう、イエ〜イ」

「って、だから何？」

「だから遺影《いえい》だよ、遺影。葬式用の遺影」

「ちょっ……やめてよそういうの！」

私は化粧をする手を止めて、軽く叱るような口調で言った。梅も困ったような顔をしつつ、再びゼリーを食べ始める。

「だっていずれは必要になるもんなんだからさー、どうせなら自分が気に入った顔の方がいいでしょ。ほら葬式行くとさ、残念な写真多いじゃない？　棺桶の中でさ、『やめてー!!　その写真使わないでー!!　もっとキレイなのあんじゃーん!!』て、叫んでると思うんだよねー」

芹香はベッドに寝転がって、身ぶり手ぶりで棺桶に入った人の気持ちを代弁した。

「だったら、もっとちゃんとしたプロの人とかに頼んだ方がよかったんじゃないの」

そう言って、私はちょっと哀《かな》しくなってうつむいた。芹香の遺影のためのメイクなんかしたくない。芹香が死ぬなんて信じたくない。

芹香が起き上がって、私の頬を両手で挟んで持ち上げた。高校の頃もよくこうされた。私を子供扱いして、母親が説教するみたいにそうする。でも、芹香にされるのは嫌いじゃなかった。

「メイク上手になったね」

何を言うかと思ったらそんなこと……。

「最初に教えてくれたの芹香じゃん」

芹香の唇に口紅を塗ってあげながら、芹香が私に口紅を塗ってくれた日のことを思い出していた。芹香と同じ口紅つけただけで、鏡の中の自分が大人になったような気がしたっけ。当時はまだ淡路島じゃ高校生がお化粧してたら不良と呼ばれるような時代で、いや、今でもそうかもしれないけど、とにかくメイクなんてほとんどしたことなかった私に、口紅やアイラインやアイシャドウや、その他もろもろメイクのやり方をレクチャーしてくれたのは、他でもない芹香だった。みんなでバッチリメイクして街に繰り出して、写真やプリクラを撮ってはしゃいでいたあの頃……。

「あーあ……あの頃がいちばん楽しかったなあ」

心の底からそう思った。いつも言いたいことが言えない私だけど、これは本当に芹香に言いたかったこと。芹香やみんなといた時が、人生でいちばん楽しくて、キラキラしてた。

「今は？　楽しくないの？」

「どうだろ？　毎日の生活に追われて考えもしないかな。朝起きて、ご飯作って、掃除洗濯して、テレビ観ながら一人で昼ご飯食べて、スーパー行って晩ご飯の買い物して、またご飯作って。その繰り返しだもん」

「奈美はまだ幸せだよ……」

梅が、ボソッとつぶやくように口を挟んだ。

「ウチなんてパチンコ狂いのダンナのせいでずっとお金ないし、アタシが働いても働いても使っちゃうしさあ。仕事もすぐ辞めちゃうし。……あーあ、何であんなのと結婚したんだろ？」

独り言のように言って、ため息をつく梅。彼女の夫が典型的なダメンズだというのは前に聞いていた。完全にヒモ状態になってる夫のおかげで、何億もする不動産を売る仕事をしながら、自分たちは安アパート暮らしらしい。「それでも、こんな私を好きになってくれたんだから……」と自分を納得させている様子の梅に、私は「別れた方がいいよ」とは言えなかった。みんないろいろあるんだよね。どうもアラフォー女が集まると、不幸自慢みたいになってよくないね。

「こんなはずじゃなかったのになあ、アタシの人生……」

しみじみとそう言って、梅はゼリーをまた一口食べた。

「それはダメだよ」

芹香がきっぱりと言った。

「私の分まで、楽しんで生きて」

そうだった。こんなはずじゃなかったと、いちばん思ってるのは芹香に違いなかった。その芹香が前向きに、自分の遺影を撮ることまで楽しもうとしてるのに、私たちが愚痴なんか言っちゃいけない。

私は黙って頷いて、涙がこぼれそうになるのをグッとこらえながら、芹香の髪を撫でてあげた。私の顔をじっと見つめる芹香の目も潤《うる》んでいた。

その時、ふいに病室の戸が開いた。見ると、派手なサングラスをかけたマダム裕子がそこに立っていた。

「裕子ぉー！」

芹香が驚きと喜びで叫んだ。

「芹香……。ごめんね、来るの遅くなって……」

裕子がサングラスを外すと、瞼が赤く腫れ上がって真っ赤な目。

「やあだ、何で泣いてんの？　まだ生きてるよ〜」

芹香が嬉しそうに笑顔でピースする。何だかんだ言って、裕子も芹香のこと想ってくれてたんだ。私も嬉しくなった。

「違うの！　ウチのダンナ、やっぱり浮気してやがったのよぉー！」

オイオイと声を上げて裕子は泣き出した。何なのそれ……。

結局、3人で裕子の相談に乗ることになってしまった。ベッドの上にスナック菓子やジュースを並べて、みんなで車座になった。まるで高校時代の、あの陽の当たる溜《た》まり場に戻ったみたい。

「ごめんね芹香、ひさしぶりに会ったのにぃ……」

と言いつつ、自分の話ばかりする裕子だった。昔に戻りたくないとか、生活環境それぞれ違うしとか言ってたのはどちら様でしたっけ。結局、自分が困った時だけ頼ってくるんだから……とツッコミたくなったけどやめておいた。

「いいのいいの、そういう話の方がさ、面白いじゃんね。それに不幸は誰にでも平等に訪れるんだ、つって」

芹香はすっかり昔みたいにまとめ役になっていた。確かに人の不幸話は蜜の味じゃないけど、自慢話をされるよりは団結力が高まる気がする。

「で、どうすんの？　離婚するの？」

「浮気し返すってのは？」

梅が冗談半分にそう言うと、裕子まで調子に乗って過激なことを言い出した。

「奈美、アンタ一緒にしない？　人妻専門の出会い系とかで」

「何言ってんのー」

芹香が「うぇー」と大げさに眉をひそめる。

「ちょっと、アタシも一応人妻なんだけど」

無視された梅が不服そうに言うと、また裕子とのバトルが始まる。

「あ〜ごめんなさい。こっちは人間の話をしてますから」

「はぁ？　たいして変わんねえだろ、このメスゴリラが！」

「なんだとコラァ！　このメス豚がぁー！　ぶっ殺すぞぉ！」

「おお、やってみろよ、このニセパイ女がよぉー！」

梅は服の上から裕子の胸を思い切り鷲掴《わしづか》みにした。

「前足で触るんじゃねーよ！」

「はぁ？　何だ？　はぁーっ！」

梅が手を突き出し、裕子もムキになって、摑み合いになりそうになる。

芹香が「まーまーまー」と割って入った。みんなここが病室であることも、芹香が病人であることも忘れて、完全に昔の関係に戻っていた。

「分かった分かった。まあまあ、あのさぁ、慰謝料を確実に取るんだったらさ、そっちはないでしょ。ね？　わざわざこっちに不利な条件作ることないんだから」

この二人のバトルを止められるのはやっぱり芹香しかいない。私はオロオロするだけだ。梅と口論したせいか、さっきまで泣いていた裕子は、今は怒りモードになっていた。

「しかもさあ、浮気相手は女子高生だよ！」

裕子がバッグから探偵の調査報告書を出してベッドの上に広げた。旦那と制服女子高生が並んで歩くツーショットが何枚も撮られている。

「うわー……」

「すげーな、コギャルと？」

「ＪＫっつーの今は！　こんなションベン臭いガキと浮気なんかしやがって。つーか犯罪じゃん！」

「まあ、アタシらもギリギリのとこ攻めてたけどねえ」

芹香が苦笑いで言った。そう、私たちもテレクラに電話したり、オジサンにカラオケ奢《おご》らせたり、そのくらいのことはしたことあるもんね。だけど裕子の怒りは収まらない。

「でもウリはやってなかったじゃん！　今どきの女子高生はさ、その辺のプライドがないっつーの」

「どこで知り合うの、これ？」

「それこそ出会い系だよ。ＬＩＮＥもそこで知り合った女子高生とのやりとりばっかで。あと謎の画像フォルダー見たら、ホラ！」

裕子がスマホに入っている画像をみんなに見せた。裕子の旦那と女子高生がベッドに入ってピースサインをしている画像が大量に保存されていた。これはキツイ。もし私の夫が……と考えただけで身の毛がよだつ。私たち３人は口々に「うわあー」「キモッ！」「ヤバい！」とドン引きしてしまった。

「こうなったらもう慰謝料なんかどうでもいいからさ！」

裕子はますますヒートアップして、手近にあった袋からうまい棒を取り出すと、バキッとへし折った。

「アイツの……使い物にならないようにしてやりたい……」

へし折ったうまい棒をバリバリと握りつぶす裕子。私は「わぁ痛い痛い痛い」と、さらに引いた。裕子が「ああーっ！」と憎々しげに手をはたいてうまい棒の粉を払っていると、芹香が急に真顔になって言った。

「やろうか」

やるって何を？　まさか、バキッとへし折る件？

「私さ、今もう怖いもの何もないんだよね……」

芹香は私たちの顔を見回すと、ニヤリと不敵な笑みを浮かべた。


話は単純、私たち4人で、裕子の旦那をボコボコにするということ。さすがにそれはマズいんじゃないのと私は反対したが、芹香に説得されると嫌とは言えなかった。

高校の頃、「仲間が傷つけられたら、みんなで守るのがウチらのルール」だった。

報復の方法は、出会い系サイトでJKになりすまして裕子の旦那を呼び出し、現場を押さえてボコボコにするというプランになった。すでに裕子は旦那のスマホを調べ上げ、旦那が常用しているサイトもログイン名も知っていたので簡単だった。女子高生のフリで旦那とメッセージをやりとりし、「友達も一緒にHしたいらしいんだけど、複数プレイも可能ですか」「4人とかでもいいですか？　変態の友達が多くて困っちゃう～」とか送ったら、「何人でも大歓迎!!　みんなで楽しもー！」とアホな旦那がまんまと食いついてきた。

「やるとなったら、ユニフォームがいるね」という芹香の発案で、90年代風の女子高生の制服を4人で着て殴り込むことになった。

隅田川沿いの公園に旦那を呼び出したら、目印の赤いセーターを肩に羽織って旦那はいそいそと現れた。近くでスタンバっていた私たちは、背後からそっと彼に近づいていった。気づいていない旦那に、裕子が「お待たせしました」と声をかける。

「ど〜もぉ〜」とアホヅラで振り向いた旦那の顔が、私たちを見て凍《こお》りついた。

「ヤッチマイナー！」

梅の声を合図に、ワッと4人で旦那に飛びかかり、まずは裕子が持っていたバッグを振り回して旦那の頭を直撃。芹香の右ストレートと前蹴り。梅のラリアット。そして私の鉄パイプがクリーンヒット。旦那はあっという間に地面に伸びていた。

報復作戦成功の打ち上げに、制服のまま4人でカラオケボックスに行った。みんな興奮冷めやらぬ状態でテンションが高い。裕子の復讐《ふくしゅう》とは別に、みんなそれぞれ日頃の鬱憤《うっぷん》が溜まっていたんだろう。

「超すっきりしたぁー」

「完全に入ったね。鼻の骨折れる音したもん」

でも、さすがにこれはシャレにならないんじゃないかと私は心配になってきた。

「警察とか大丈夫かな」

「言えるわけないじゃん！　オバチャン4人にやられましたなんて」

「つーかアンタ、どこから鉄パイプ持ってきたの」

「いやぁ、武器があった方がいいかなと思って、近くの工事現場から……」

などとワーワー話していたら、店員が入ってきて、「失礼しまーす。ハニトーザクザクチョコミルフィーユです」とハニートーストを置いていった。懐かしいメニューにみんなが盛り上がる。梅のオーダーだった。

「出たぁ！　梅の定番だもんね」

「でもさ、さっきの店員、ドン引きしてなかった？」

「さすがにこの格好じゃヤバいでしょ」

アラフォーのおばさん4人が女子高生の制服着て、時代遅れのルーズソックス履いているのだ。相当ヤバく見えたに違いない。それでも気にせず楽しそうにハニートーストをつつく芹香を見ていて、こんなことしてて大丈夫なのかとまた不安がよぎる。

「ていうか芹香、そろそろ帰らなきゃじゃない？」

「大丈夫。今日は外泊許可とったし」

「マジで？　ってことは？」

「オール行っちゃいますかー？」

「よくやってたよね。オッサン逆ナンして奢らせてさ！」

みんな、朝までコースの勢いになっていた。だけど私は無理。結婚してから朝帰りなんかしたことない。

「ごめん……私そろそろ帰らないと……」

「えー？　旦那いないんでしょ？」

「娘だって高校生でしょ？　大丈夫だよ」

「んー、でも……」

私が困っていると、芹香が「いいよ、無理しないで」と言ってくれた。ゴメンね芹香。あなたの一日は、私の一日よりずっと大切な時間なのに……。

「でも最後に、これだけみんなで歌っていこうよ」

芹香がデンモクを取って曲を入れた。流れ出した曲は……。

Stand up, ダンスをしたいのは誰？

Stand up, ダンスをしたいのは誰？
Stand up, ダンスをしたいのは誰？
Stand up, ダンスをしたいのは誰？

13

寒い夜に遠くの街からまっすぐに空を降ってきた
ほら　あっという間の蜃気楼
溢れる光　公園通り　新しい神様たちが
パーッと華やぐ魔法をかける
ああ　街は深く僕らを抱く！

いつもの私たちの溜まり場。オザケンの『強い気持ち・強い愛』をラジカセで流して、私たちは踊っていた。ただの遊びじゃない。みんなできっちり振り付けを覚えて踊ってる。芹香が「はいクロス！」「ボックス！」って号令みたいに声を出して、ひとつひとつ動きを確認しながら、フォーメーションを組んで位置を変えていく。

本格的なダンス。部活みたいで楽しい。でも私はダンスなんてやったことないから全然できない。振り付け覚えられない。みんなの動きを見てやっているだけだからだんだん遅れてズレていっちゃうし、そのうちまったくついていけなくなって、デタラメに手足を動かすしかなくなる。アドリブで踊ると阿波踊りみたいになっちゃう。だけど身体を思い切り動かしてると、やっぱり楽しい。みんなからズレてることなんか気にならなくなって、どんどんテンション高くなってくる。

強い気持ち　強い愛　心をギュッとつなぐ
幾つの悲しみも残らず捧げあう
今のこの気持ちほんとだよね

大声で歌って踊ってたら、棚に置いていたラジカセを思い切り蹴飛ばしてしまった。

音が途切れて、みんなの動きも止まってしまった。

「ちょっと何やってんのよー」

「アンタ、ほんとセンスないわー」

「ずっと気になってたけど、動きがヘン」

みんなにボロクソに言われて、ゲラゲラ笑われた。

「だって、ダンスなんか島の高校じゃやってなかったもん」

倒してしまったラジカセを直しながら言い訳してみた。芹香がしょうがないなあ、という顔をして肩を組んできた。

「いい奈美？　これには賞金がかかってんの」

芹香が壁に貼られたチラシを指さした。【音楽祭　バンド、ダンス、パフォーマンス、なんでもＯＫ‼】と書かれてある。

「学校には内緒だけど、参加グループが一万円ずつ出して優勝したらそのグループが総取り」

梅が大量の汗をタオルで拭きながら説明してくれる。なるほど、賞金がかかってるから、みんなこんなに熱心に練習してたんだ。

「今年こそは絶対狙うからね！　30万」と心が言った。

「30万⁉」

思わず声が裏返った。30万あったらカラオケでオール何回できる？

芹香がみんなの顔を見ながら言う。

「そしたらみんなで、オ・キ・ナ……」

みんなが「ワー!!」と声を合わせた。オキナワ。沖縄？　みんなで沖縄行っちゃうの？　すごい！　行ったことないよ沖縄なんて。

「でもさでもさ、どうせ踊るなら安室ちゃんとかtrfの方がよくない？　踊りやすいし」

心が言うのを聞いて、それもそうだなと思う。オザケンってダンスのイメージないし、あんまりウケないんじゃない？

「いや、絶対それは他にやるグループがいるから、小沢健二は狙い目。絶対目立つから！」

芹香にバシッと自信たっぷりに言われると、なるほどと思ってしまう。「おおー」「さすがリーダー」とみんなが頷いた。

「あれどーすんの、グループ名」

梅が指さしたポスターに【参加希望の生徒はグループとメンバー名を書いて実行委

員会に提出してください】と書いてあった。

「そーだ。去年ウチらあれで失敗したんだよなあ」と、裕子と梅が顔を見合わせて頷いていた。

「なんて名前だったの？」

「セリカーズ」

「ダサっ!!」

思わず言ったら、「おーい！」と芹香に小突かれた。でも正直セリカーズはないよ。ダサいと言われてる私がダサいと思うんだから、相当だよ。

「今年はちゃんと考えようぜ、ちゃんと」

「じゃあやっぱり、梅&チルドレンとかどう？　略してウメチル」

「えー、絶対やだー」

「ウメチル！　ウメチル！」

「おめえ、リーダーじゃねえだろ！」

ウメチルはみんなが総攻撃で却下した。すると、チュッパチャップスなめながら何か考えていた心が、ふとつぶやいた。

「サニー……」

「えっ？」

心が目を輝かせて言う。

「ねえねえ、サニーは？」

「サニー？」

「どういう意味？」

「陽が当たるとか、陽だまりとか。ほら、ここってそんな感じがしない？」

言われてみると、いつも私たちが集まる午後の時間、この部屋には大きな窓から陽の光がいっぱい差し込んでる。私の学校生活が明るく楽しくなったのも、この教室に来て、みんなの仲間に入ってからだ。

「サニー……。どうよ？」

「いいじゃん！　心、ナイス！」

芹香が心とハイタッチした。サニー！　サニー！　みんなで声に出して叫んだ。

「じゃあさ、最初のポーズを、サニーって言いながらやろうよ！」

踊り出す前の決めポーズをして、「せーの、サニー！」と声を合わせた。いい感じ。

梅から「奈美、前に来なよ」と言われて、みんなが私を囲んで「サニー！」。何これ、最高！　優勝したらみんなで沖縄って、もっと最高じゃん！

だけど、後ろから冷めた声が聞こえた。

「無理じゃない？」

奈々だ。さっきからずっと彼女だけみんなの輪の中にはいなかった。

「……そのコがいるんじゃ」

私のことだ。いきなり真夏の沖縄から真冬の鳴門海峡《なるとかいきょう》に突き落とされたような気がした。

「センス以前の問題でしょ。自分で分かってるよね？　みんなの足引っ張ってんの。全然踊れてないじゃん！」

何も言えなかった。本当のことを言われるのはいちばん辛い。

「奈々、言いすぎだよ」

芹香が庇ってくれたけど、私が足を引っ張っているのは事実なわけで……。

「は？　っていうか、芹香もこのコに甘すぎ」

「あ？」

「何？　惚《ほ》れてんの？　レズだったっけアンタ？」

その一言に芹香がつかみかかろうとしたところを、裕子が腕をつかんで止めた。睨み合う芹香と奈々。誰も何も言えずに奈々を見ている。

「私、降りるから」

奈々は吐き捨てるように言って、去り際に私の方を振り返って言った。

「……カッペとはやってらんない」

重い沈黙。重すぎる。日の当たる教室の中で、私の心は今、真っ暗だった。


その日の夜。私は奈々の家の前に立っていた。どうしても昼間の出来事がつっかえたままで、いてもたってもいられなくなって来てしまった。私のこと言われるのはいいけど、私のことで芹香と奈々がケンカするなんて最悪。今まで仲良くやってきたチームが私のせいで壊れるなんて耐えられない。

私のこと嫌いならそれでいい。嫌いでもいいからサニーに残ってほしい。それを言いにきたんだけど、正直ビビってた。奈々の家はかなり大きかった。というか、間違いなくお金持ちの家だ。駐車場には高そうな外車が停まっていて、門から玄関までだけでウチの敷地より広そう。住む世界が違うんだなと思った。私と奈々が分かり合うなんて、やっぱり無理なのかもしれない。そう思ったら奈々に会う自信がなくなったけど、思い切って玄関のチャイムを押してみた。

お手伝いさんとか出てくるのかなと思ったけど、ドアが開いて顔を出したのは、奈々本人だった。奈々も私の顔を見て驚いていた。

「……なに？」

「やめないで」

「は？」

「一人でも欠けたら友達じゃないよ」

「友達？　私とアンタが？」

「そうだよ」

「いつからアンタと友達だったっけ？」

「……何で私のこと嫌うの？」

「別に。理由なんかないよ。……ただ田舎者が嫌いなだけ」

そんな理由じゃ困る。私の悪いとこ言ってくれたら謝るし、直すけど、田舎者なのはしょうがないもん。田舎に生まれちゃったんだもん。

「じゃあ」

ドアを閉めようとする奈々の腕を、私はとっさにつかんだ。

「ダメ！　やめちゃダメ！　一緒に踊ろう！！」

「……離して！　離して！」

「離さない！」

「離して！」

「離さない‼」

必死だった。この手を離したら二度と奈々が戻ってこない気がしたから。どうしても奈々にやめてほしくなかったから。サニーの仲間でいてほしかったから。

「なんやの、大きい声出してぇ！」

家の中から声がして、奈々が振り返った。

「あれえ？　お友達？　そんな外で喋っとらんと中入りぃや」

ヒョウ柄の服を着た関西弁のおばさんが玄関に出てきた。だけど、ウチのお母ちゃんとは違う、キレイで色っぽいオバサンだ。この人何者？　お手伝いさん？

私が「今晩は」と挨拶すると、奈々はその人に「やめてよ！」ときつい口調で言った。

「何でよお、あんたが友達連れてくるのなんて初めてやん」

「いいから中に入ってて……」

「オカンがうまいもん作ったるから、早よ入りい」

「アンタなんかママじゃない!!」

オカン？　ママ？　この人が奈々のお母さん？　確かにそう言った。でも奈々とイメージ違いすぎる。

奈々は玄関にあった上着をつかむと、ダッと外に走っていった。私は〝お母さん〟と取り残された。

「あっ、すいません」

私はお母さんに頭を下げ、奈々の後を追った。門までの石畳はゆるい坂になっていて、買ったばかりの厚底サンダルを履いてきた私は転びそうになった。これじゃ田舎者と言われても仕方ない。

夜道に佇《たたず》んでいた奈々を見つけて追いつくと、奈々は背を向けて歩き出した。私も黙ってついていく。二人とも何も言わないまま歩いていると、歩道に赤ちょうちんの灯ったおでんの屋台が出ていた。奈々はその屋台の暖簾をくぐって長椅子に座った。え？　オッサンが飲むような屋台だけど？　しょうがないから私も隣に座った。

奈々が屋台のおじさんに「お酒ちょうだい」と言う。意地を張って「私も」と言った。おじさんが「あんたたち、高校生じゃないの？」と聞くと、奈々が「いいからちょうだい」ときつく言う。奈々の迫力に押されて、おじさんはコップに注いだ日本酒を二つ、私たちの前に並べた。

奈々は何も言わずにコップ酒をグイグイ飲んでいる。私は沈黙に耐えられなくなって、「さっきの人……」と聞いてみた。

奈々は答えなかったが、しばらくしてから「……パパと結婚した人」とポツリと言った。そういうことか。お父さんと再婚した義理のお母さんなんだ。

「新しいお母さんが関西の人だから……アタシのこと嫌うの？」

「うるさい」

「でも、どこで生まれて育つかなんて自分じゃ選べないし……」

私だって淡路島とかじゃなくて東京だったり、奈々みたいなお金持ちの大きな家の子に生まれたかったよ。でも、お金持ちだからって幸せなわけじゃないんだね。

「ねえ、飲めないの？」

私の目の前には並々と注がれたお酒がそのまま残っている。前にクラブでビールを飲んだ時のことを考えると、日本酒だってたぶん無理。ていうか、日本酒の方がビールよりアルコールが強いんだっけ？

でも、ここは飲まないと奈々が話してくれない気がする。おそるおそるコップに顔を近づけて匂いを嗅《か》いでみた。あー、お父ちゃんが酔っ払って帰ってきた時の匂いだ。キツイわあ。だけど後へは引けない。思い切って一口、ズズッとすすってみた。

うぇーっ！　何これ？　口の中キューッとなって、鼻がツーンとなって、喉《のど》がカーッと焼けるように熱い。こんなもの、何で大人は喜んで飲んでるの？

「ぐはっ、かーっ……」

私が悶《もだ》え苦しんでると、奈々は勝手に喋り出した。

「……ママが死んで一年も経ってないのに、あんな大阪のホステスと……信じらんない。アンタにあたしん家《ち》のことなんて分かんないよ！」

そりゃ分かんないよ。みんな違う家に生まれるんだもん。

「ウチかて大変なんよぉ。父ちゃんは工場つぶれてもーて、こっちで慣れへん仕事して、祖母ちゃんはボケだっしょるし……兄ちゃんはアニメおたくの無職やし……」

あ、何か言いたいことが遠慮なく口から出てくる。もしかしてお酒のせい？　私、酔っ払ってる？

「ほやからのう、友達だけは大切にしようちゅうことをウチは言いたいねん！」

私はコップに残ったお酒をイッキに飲み干した。お酒飲んだら言いたいことが言えるんなら、もっと飲んでやる！

「オヤジ！　もう一杯！」

空のコップをオヤジに突き出した。

「ちょっと勘弁《かんべん》してよー。お姉ちゃんたち、高校生でしょ？」

「うるさいなぁ！　注いでよぉ！」

「アタシにも!!」

オヤジはうんざりした顔しながら、二人のコップにお酒を注ぎ足してくれた。二杯目もやっぱり美味しくなかったけど、何だかさっきよりも少しだけ飲みやすくなったような気がする。

「それでもアタシは、あんたが嫌い！」

そう言って、奈々はやっと私の顔を見た。嫌いで結構。いつもクールに黙ってないで、そうやってハッキリ言ってくれりゃいいんだよ。私だってハッキリ言ってやる。

「だとしてもアタシは、奈々が好き！」

「は？」

「こっちに来ていろいろビックリしたけど、いちばん驚いたのは奈々だよ。信じられないほどキレイでカッコよくて……クールっていうんでしょ？　ね、クールって言うんでしょう？　奈々に比べたらさ、アタシなんか全然ブスじゃぁーん」

言ってるうちに涙が出てきた。何の涙なのか分からないけど、胸の奥からいろんなものがこみ上げてきて、私は「うわぁあああん」って子供みたいに声を上げて泣いていた。

「だからあ、アタシは！　奈々のことが大好きなのぉ!!　ううう……」

私のことがうるさかったのか、屋台のおじさんはラジオのボリュームを上げた。流れている曲はドラマの『高校教師』の主題歌だったやつだ。

春のこもれ陽の中で
君のやさしさに
うもれていたぼくは
弱虫だったんだョネ

曲のせいだろうか、奈々も「うぇぇぇえん」って泣き出した。

「アタシだって！　アタシだってねぇ、初めて奈美見た時、なにこのコ！　超カワイイって思ったんだからあ！」

「えー！　そうなの？」

いや、ウソウソ。何その気になってんだ私。そんなわけないじゃん。でも奈々、本気で泣いてるし……。

「アタシも、みんなみたいに奈美と仲良くなりたかったぁ！」

えーっ！　本当に？　本当に？　奈々……。

「奈々ぁ〜！」

「奈美ぃ〜！」

二人でわんわん泣きながら抱き合った。

「うえええええん、ごめんね。私が悪かったね」

「ううん、違う。私がブスだから悪いの」

「ううん、奈美はブスじゃない。今日から美人は奈美にあげる」

「やめて。奈々はずっと美人でいて！」

「うあああああん、大好きだよぉ奈美！」

「うえええええええん、私もだよぉ奈々〜！」

はっきり言って、この夜二人で何を言ったのかよく覚えてない。でも、とても幸せだったのだけは覚えてる。

14

芹香の病室に向かう廊下でスマホに電話がかかってきた。電源を切るのを忘れていた。病院内で通話に出るのははばかられたが、探偵からの連絡だったので、出ることにした。

「え？　見つかったんですか？　うわあ……はい。じゃあ明日にはそちらに伺って……はい、一緒に行きます。はい」

心の居場所を見つけたという連絡だった。すぐに芹香に伝えてあげなくちゃと思って、急いで芹香の病室の戸を開くと……そんな気分は一瞬で吹き飛んでしまった。

「ああああぁぁぁっ！！！！」

ベッドの上でのたうち回る芹香を、何人もの医師や看護師が押さえつけている。

「大丈夫ですよ！　しっかり!!」

「早く持ってきて!!」

医師たちの様子も緊迫《きんぱく》していた。

芹香は、苦痛に顔を歪めながら、私の方を見た。

「奈美っ！　奈美っ！　痛いよぉ！　助けて！　アアアアアアーッ!!」

心臓が高鳴り、息が苦しい。足が震える。私自身が倒れてしまいそうだった。私は何もできず、何を言うこともできず、ただ立ちつくして泣いているだけだった。芹香……死なないで！

幸い、芹香の容態は何とか落ち着いた。あんな状態の芹香を見るのは、初めてここへ来た時以来だ。その後はいつも元気に明るい姿を見せてくれていたので、芹香の死期が迫っていることをどこか忘れてしまっていた。今日だって、心が見つかったことを伝えて喜ぶ芹香の顔だけを想像していた。愚《おろ》かにも甘い夢を見ていた私は、再び残《ざん》酷《こく》な現実に引き戻されてしまった。

翌日、梅は仕事で都合がつかなかったので、私は一人で中川探偵事務所へ行き、心のところへ案内してもらった。探偵の車で向かったのは、うらぶれた場末の飲み屋街だった。まだ開店前のとあるスナックの裏手で様子をうかがっていると、裏口のドアから一人の女性がよろけながら出てきて、ゴミ袋を脇のゴミ置き場に置くと、そこに置いてあったビールケースの上に座り込んで壁にもたれた。

「あーあー」と中川探偵は憐れむような声を出して、「井口心さんです」と言った。

あれが心？　昔からスリムだったけど、さらにか細くやつれた感じで、酔っ払っているのか、目つきも焦点が定まらない。右手に持ったチュッパチャップスだけは昔と変わらないが、左手には缶チューハイが握られていた。

「以前は美容室をやっていたんですが経営難でつぶれまして、数年前に離婚されました。その後に夜の仕事を始めて、今はあの店で雇われママをやっています」

通りすがりのサラリーマンがゴミ置き場に空き缶を投げる。心はそれを拾って投げ返した。

「離婚の原因は旦那の暴力と、心さんのアルコール依存症。借金も相当あるみたいですよ。……ってまあ、ベタだなあ」

探偵さんは他人事《ひとごと》だから涼しげに言うが、私は居たたまれなかった。

「子供は？」

「5歳の女の子がいるんですが、今は実家に預けているみたいですね。まあ、あれじゃ子育てはできないでしょうしねぇ。どうします？……会わない方がいいんじゃないですかね」

確かに、彼女はこんな姿を昔の仲間に見られたくはないだろう。でも、放ってはおけない。仲間が傷つけられたら、みんなで守るのがウチらのルール、サニーのルールだ。

私は彼女のところへ行き、声をかけた。

「心……」

心は私の顔を見上げると、表情も動かさず暗い目で見つめ返した。

スナックの店内に入ると、ウイスキーのボトルや、飲みかけのグラス。汚れたおしぼりや吸い殻だらけの灰皿など、昨夜の残骸《ざんがい》がそのまま残っているテーブル席に座らされた。

心はカウンターのスツールに腰かけて、チュッパチャップスを舐めながら虚ろな目で私を見ていた。今の彼女の姿がこの店に似合いすぎているのが哀しかった。

「アハハハハ！！」

ふいに心が笑い出した。

「サニー……。フフフ……。アハハ！　懐かしいね」

子供みたいにケラケラ笑ったかと思うと、急に険悪な表情になる。

「つーか、なんだサニーって。チョーださくない？　フンッ」

低い声で吐き捨てるように言ったかと思うと、今度は急にかん高い声ではしゃぎ出す。

「あーっ？　サニーってさ！　誰が考えたんだっけ？　あー！　奈美だぁ!!　だってアンタ、超ダサかったもん！」

違うよ心、あなたが名づけたんだよと言いたかったが、言っても無駄な気がした。今の彼女には話が通じそうにない。

「いいよ。行こうか」

「え？」

「いや、芹香んとこ。今から。店早じまいするからさ。あー昔もさー、よくこうやって早退したよねー！　ンフフフ……ンフフフフ……」

何を言い出すのかまったく見当がつかない。明らかに情緒不安定だった。探偵さんがアルコール依存症と言ったが、これはかなり重症だ。

心はタバコを取り出して火を点けようとするが、ライターを押す指に力が入らないのか中々点けられない。両手でライターを握って擦り続けながら意味もなく笑っている。

すると、表のドアが乱暴に開いて、二人組の男がズカズカと店の中に入ってきた。短髪で色黒、アゴ髭《ひげ》のいかにもオラオラ系の男が、私がいるのも気にせず心にいきなりスゴむ。

「おい何してんだよ？　とっとと開けろよオイ」

「あー、今日は休むわ」

「何テメーが勝手に決めてんだよ」

「友達が来てんだよ……」

男が私の方を見たので、思わず目をそらした。

「あの、店開けるんで帰ってもらえます？」

「うるせえよ！」

心がヒステリックにわめいた。男はフンと鼻で笑うと、後ろに控えていた若い方の男にアゴで指図する。寒くもないのにパーカーのフードをかぶった若い男が前に出ると、いきなり心の髪の毛をつかんだ。

「チョーシこいてんじゃねえぞ、コラッ!!」

髪の毛を思い切り引っ張られて、心がのけぞる。

「痛いよぉ！」

「こんなアル中のババア雇ってもらってるだけでもありがたいと思え、オラッ！」

「離してよ！」

男が激しく彼女をゆさぶる。カウンターの上のグラスが床に落ちて割れた。一部始終を見せられながら、私は固まってしまって声を出すこともできなかった。

「コイツ、もう熟女ソープとかに売っちゃいましょーよ！」

「ふざけんな！！　ウリはやらねえんだよっ!!」

心が物凄い形相になって抵抗した。

ウリだけはやらない。それが心のプライドだった。心の魂は昔と変わってない。それが分かって、私の胸の奥が熱くなった。

「離しなさい！」

私は叫んで立ち上がった。震える手でバッグを開いて、夫から預かって財布に入っていたありったけのお金をつかんで差し出した。

「この店……全部貸し切ります！　これで足りますよね？」

年上の方の男がふんだくるようにして私の手からお金を取った。お札を数えると、上目遣いで薄笑いしながら私の方を見る。

「……ありがとうございます。ごゆっくり、どーぞ」

男たちは心を離して出ていった。ホッとして心を見ると、彼女は私から顔をそむけて、ため息とも笑いともつかないような息を吐いた。

「……最悪」

「やめよう……心、もうやめよう、こんな仕事」

「あんたに、何が分かんのよ!!」

心がまた急に怒って食ってかかってきた。

「こんな仕事? そうだよ。どうせこんな仕事しかできないんだよ!! アンタそうやって、昔からアタシのことバカにしてたよね」

「してない……」

「してたよっ! 田舎もんのくせに!! なんだよサニーってくだらない。誰にも会いたくないんだよ!!」

思わず手が出た。気がついたら、私は心の頰をビンタしていた。心はあっけなく倒れて、泣き崩れた。

「ううっ……もうやめたいよこんな仕事……。ユイにも会いたいよお。あの子、まだおねしょするんだよぉ」

嗚咽しながら心は私に抱きついてきた。

「アタシがそばにいないとダメなんだよお……。うわああんんん。……こんなんじゃ、芹香にも会えないよお……あぁぁぁぁ」

私も涙が止まらなかった。そっと心を抱きしめて、何とかして彼女をここから救い出したいと思った。

15

夜の病院は静かで暗い。心と別れてから家に真っ直ぐ帰る気にもなれず、芹香の様子を見に来た。彼女が話せる状態だったら、心に会ったことを伝えたかった。ただ、今の心の精神状態では、すぐに会うのは難しいかもしれない。

薄暗い廊下を通って芹香の病室へ入ると、彼女はベッドで眠っていた。ピッピッと心電図の小さな音が時を刻むように鳴り続けている。芹香の両腕はいくつもの計器やチューブにつながれていて痛々しい。顔もやつれていたが表情は安らかで、少なくとも今は苦痛を感じていないようだ。

枕元の壁にはチェキのインスタント写真がいっぱい貼られていた。私や梅が来るようになってから一緒に撮った最近のものばかり。裕子の旦那を懲《こ》らしめた日、カラオケボックスで撮った制服姿の４人の写真もあった。短い間でも芹香の想い出が増えたのだと思うと慰められた。

ゆっくりお休み芹香。また来るね。心の中でそうつぶやいて部屋を出ようとした時、「奈美……」と、声がした。寝言かと思ったが、芹香はしっかり目を見開いていた。

「黙って帰るなんて、冷たいじゃん……」

声は弱々しかったが、意識ははっきりしているようだった。

「……こっち来て」

芹香が力なく腕を上げて、私の方へ伸ばした。私は近寄ってその手をそっと握った。私も芹香のベッドに横になって、手をずっとつないだまま一緒に寝た。寝ながら心のことを一通り話した。

「そっか……辛いね。あんなにハッチャけてた心が……」

「うん……。芹香は？」

「ん？」

「辛い？」

「うん……。そろそろエンディングってカンジかな……」

「そんなこと言わないの」

「でもさあ、伊藤芹香物語の主役としては悪くなかったかなぁって」

芹香は穏やかな顔で頷いていた。

「奈美は？」

「ん？」

「阿部奈美物語の主役として」

「……なんか変だけどさ、結婚して、娘が生まれて、母親になって？　ずーっと自分がどこにいるか分からなくなってた」

「うん」

「でも芹香に会って、みんなを探しているうちにね……なんかひさしぶりに自分を取り戻せたっていうか……。高校の時、芹香がアタシのこと変えてくれたじゃん。……今またそれなんだなって」

涙がこぼれてきた。芹香は注射痕が痛々しい手で、私の顔を優しく撫でてくれた。

「奈美は、主役の顔してるよ」

芹香も微笑みながら涙を流していた。

「奈々もそうだった……」

そう言って、芹香は哀しげに目を伏せた。

「……絶対に捜すからね」

「……これ」

芹香がベッドの脇から封筒を取って私に手渡した。


家に帰ると、藺は一人で夕食をすませてさっさと寝てしまっていた。芹香から渡された封筒の中身は一枚のＤＶＤだった。何が収録されているのかは教えてくれず、ただ「見て」とだけ言われた。誰もいないリビングで、ディスクをプレイヤーにかけてテレビの前に座った。

後ろのテーブルに置いたカップにお茶を注いでいた時、大きな声がスピーカーから響いた。

「ビデオメッセージタームイム！　フゥ〜！」

聞き覚えのあるかん高い声。高校時代の心の声だ。

思い出した。高校時代にみんなで撮ったビデオ。ダンスの確認用に使ってたビデオカメラで、ビデオメッセージを撮ろうってことになったんだ。

画面サイズも4対3で画質も粗い当時のビデオ映像に、あの頃の心、芹香、梅、裕子が画面に映ってる。当たり前だけど、あの頃のままの姿で。

何なんこれ？　なんか急に心が「ビデオメッセージ撮ろうよ」とか言い出して、私がカメラマンやらされてるんですけど。

「ビデオメッセージターイム！　フゥ〜！」

「何だよー」

「あれ？　さんまのからくりテレビ的な？」

「そうそう！　それを未来の自分に向かって言うの。誰からいく？　誰からいく？」

「誰から？」

「そこはまあ、芹香でしょ」

「そうだね！　じゃあ、リーダーの芹香から!!」

「え〜」

芹香がカメラ目線でマジな顔になった。何を言うんだろ？

「えー……ワタシ……脱いでもすごいんです！」

何それ？　心が爆笑して芹香をどついた。

「なーに言ってんだよ。じゃあちょっと脱いでみて」

「脱げ脱げー！」

裕子や梅にはやし立てられて、芹香は「いいよ別に」ってカーディガンの肩をずらしてセクシーポーズ。キャーッ!……って盛り上がってるけど、脱いでないし。シャツ着てるし。はいはい、真面目にやり直し。

「えー、未来のアタシへ。んー、たぶんこの性格だから結婚はしてないと思う」

「してないねー」

みんながいっせいに同意した。

「たぶんしてない。でも、仕事はバリバリやってるよね。んー、それもＯＬとかじゃなくて、なんだろうな？　自分で会社とかつくってるんじゃないかな」

「よっ！　社長！」

「芹香社長！」

「男どもコキ使ってー、カッコいい服着てー、車乗り回してー。そんなカンジ？」

「イェ〜イ！」


すごいよ芹香。そのとおりになってるよ。あなたはやっぱり高校の時から考え方がしっかりしてたんだね……。

だけどこうやって映像で見ると、本当にみんなバカだね。記憶の中よりももっとバカっぽい。でも可愛い。本当に笑顔がキラッキラしてる。

アハハ、梅ったら何やってんの？　カンフーポーズ？


「んんんぁああああっ！」

わっ、やめてよ梅。ビックリさせないでよ。怖いよ。カメラ近寄りすぎだってば。

離れて離れて。

「未来の、アタシへ。んーとぉ、たぶんー、ダイエットに成功して、別人になっていると思うけど……」

「ゼッテーなってねーよ！」

裕子がすかさずツッコミ入れた。

「は？　なってるから！　超スリムになってるから！　見てろ！　見てろよ！　お前ら全員見てろよ！　未来のアタシはダイエットにも成功して、モテてモテてしょうがないと思うけどー、変な男に捕まるんじゃねえぞ～」


んふふ、梅の未来予想図はひとつも当たってないね。今の梅にこれ見せたらまた怒るんだろうなぁ。でもね梅、今も昔もあなたはずっとみんなの愛されキャラだよ。芹香だけじゃまとまらなかったと思う。あなたがドーンとみんなの重しになってくれてたから、まとまったんだと思うよ。……って言ったら怒るか。でも愛してる。

わーもう、梅のメッセージが終わりきらないうちから裕子出てきちゃって。

「はーい裕子ぉー！　元気ぃー⁉　アタシはチョーーー元気でーす‼　なんだろうね？　あれ、アタシはたぶん今頃、金持ちの彼氏捕まえてー、もうチョー幸せに暮らしてると思う」

「ゼッテーない、ゼッテーない」

「ないない」

アハハ、梅、超クビ横に振ってる。

「っていうか、騙されてそう！」

「チョー騙されてるから」

「騙されねーから！」

「騙されそー」

「で、胸もー、こんぐらい……」

いや、それはないでしょ裕子。

「ナイスバディになってるから！」

「今はマイナスＡカップだから！」

うん、裕子のは本人が言ってることもみんなが言ってることも両方当たってる。お金持ちと結婚して巨乳にもなってるけど、旦那の愛情もオッパイもニセモノだったもんね。でも今も超元気だから安心して。

「はい、じゃあ次、心！」

心って何考えてるんだろう。将来のことなんか考えてるの？

「はい！　私の予定では、美容師になって、お金貯めて、25ぐらいで独立して自分の店を持っているはず！」

へえー、心ってそんなこと、ちゃんと考えてるんだ。

「結婚は、まあ、いい男がいたらで全然いいからさっ！　あっ、でも子供は欲しい!!」

「子供⁉」

「うん！」

「育てられんのかー！」

「絶対やるから！　頑張るから！」


ダメだよ心……。こんなの見れない……。

でも、これが本当のあなたなんだよね。いつかこの頃の心に、戻るよね。きっと戻れるよ。私は信じてる。……心を信じてる。


次は……あー、相変わらず窓辺にクールに座ってるこの人。

「奈々！　アンタは？」

何よ、「私はいいから」みたいに手振っちゃって。もー素直じゃないんだから。でもキレイだなぁ。カメラ映りが全然違うわ。

「奈々はモデルっしょ！」

「奈々はモデルだよ！」

「じゃあポーズしてよ。なんか！」

「そうだよ！」

「奈々、ポーズ！　奈々、ポーズ！」

わっ、何そのポーズ！　キャーッ！　カメラ目線来たーっ！　ドキドキしちゃうよ奈々！

「フゥ～!!」

「カッコイイー！　奈々カッコイイー！」


奈々……。本当にキレイ。今どこで何してるの？　この時の記憶だけを私たちに残して消えてしまったの？　あの夜話したことだけじゃ足りないの。あなたともっと話したいことがある。もう二度と会えないの？　会いたいよ奈々……。

「じゃあ最後、奈美」

え？　私？　あ、カメラ取られちゃった。……私こういうの苦手なのに。それも奈々の後だし。やだなー……。

「はい！」

「……お元気ですか？」

何言えばいいんだろ……。

……って、誰に言ってんの？

「えっと、島にいた時はほんっとになんにも考えてなかったけど……みんなと友達になってー、なんかね、何でも出来る気がする‼　だから、すっごい将来が楽しみです！　何になってるかは分からないけど……ひとつだけ」

「なになにー？」

「なんなのー」

これ言うの恥ずかしいけどなー……。

「……これからも、ずっとずっとみんなと仲良くいてね〜！」

「なに言ってんのォー！」

「きゃー！」

「大好きだよー」

みんなが私をハグしてくれてる。

「あれ？　待って！」

梅がカメラ持ってる芹香の方へ行く。

「芹香、何で泣いてんの！」

芹香、あっち向いて顔隠してる。マジで泣いてんの？

「やめろよ！　やめて！」

「泣くなよー！」

裕子が芹香をこっち向かせた。あっ、目が潤んでる。

「泣いてねーよ！　やめろよぉ！　やめろ！」

あーあ、奈々の方へ逃げちゃった。芹香、可愛いよ。

「え？　ウソでしょー!!」

え？　奈々も泣いてる？

「奈々何で泣いてんのよー！」

「やーだー、二人してもうっ！」

「可愛いよ！」

「ねえ、みんなで撮ろう、みんなで撮ろう」

「イェーイ！」

「サニー‼」


私がいた。みんなと一緒に私がいた。過去の自分を見るのって不思議な気分。恥ずかしいところは私だなと思うし、いいところは全然知らない他人みたいに思える。20年前の私があんなこと言ってたなんて、まったく忘れてた。あの頃の私が今の私を見たらどう思うんだろう。

今の私が20年前の私に言いたいことはひとつだけ。大切な友達に出会ってくれてありがとう。

ビデオを見ている間中、涙が止まらなかった。今日は一日中泣いてたけど、最後に流した涙がいちばん温かかった。こんな涙をありがとう芹香。ありがとうサニーのみんな。ありがとう私……。

——そして、奈々。あなたはどこにいるの？　会いたいよ。もう一度みんなで……。

16

驚いたなぁ。芹香と奈々が泣くなんて。何で泣いてんのと思ったけど、ビデオメッセージで未来の私に「これからもずっとずっとみんなと仲良くいてね」って言ったの、芹香と奈々も同じ気持ちでいてくれたんだなと思って、二人が泣いてるの見ると私も泣いちゃいそうだったから、その場から逃げた。

「私ちょっと水飲んでくる」って言ったら、梅や裕子が「イチゴ牛乳買ってきて」とか「私、バナナオーレ」とかパシリ扱いしそうになったから、「無理無理、覚えられない。覚えられまへーん」ってシェーみたいなポーズで逃げてきた。

水飲み場で水道水を飲む。あー冷たくて気持ちいー。イチゴ牛乳やバナナオーレも美味しいけど、ノドかわいた時はやっぱ蛇口から飲む水道水、コレ最強。なんてったってタダだし。ダンスした後だからすごいノドかわいてた。ガブガブ飲んでたら……。

「今どき水道水ガブ飲みする女子高生がいるんだねえ」

嫌な声が聞こえた。水を止めて振り向いたら、やっぱり鰤谷チームだった。いつもの3人じゃなくて今日は4、5人いる。「きったねー」とか嘲《わら》笑われた。ヤバい……。プールでケンカに決着ついたわけじゃなかった。やられてやり返しての繰り返しなんだ。今日は私がやられる番なんだ……。

「芹香に可愛がられて嬉しい？　つーかアンタら気持ち悪いんだけど。なんだよサニーって。ダセぇー」

何で？　何でそんなこと言われなきゃならんの？

「ねーチビザル踊ってんの見たぁ？　サルにしか見えない。あとデブがさ、こうやってブヨブヨ踊ってんの！」

鰤谷が調子に乗ってまくし立て、取り巻き連中がウケている。

「……謝って」

私は我慢できなかった。怖かったけど、サニーを侮辱《ぶじょく》されて黙っていられない。

「……私はいいけど、みんなの悪口は許せない」

「あ？」

「元々、芹香とも、みんなとも仲良しだったんでしょ？　だけど、あんたが……クスリをやったから……」

クスリという言葉を聞いた瞬間、鰤谷がガッとつかみかかってきた。両手で髪の毛つかまれた。スゴい顔して、目の前1センチでガン見される。

「おい！　なにアタシが芹香に捨てられたみたいなこと言ってんだよ？　おい！」

……痛い。怖い。鰤谷の目、完全にイッちゃってる……。


そのまま校舎裏に引きずられていった。数人がかりで引きずり回されて、アスファルトの上に投げ倒された。焼却炉で何かパチパチ燃えてる音がする。ヤバい場所の定番。これは本格的にヤバい。何で学校には必ずこういう死角があるんだろう。暴力や悪いことが起きるためにあるような場所が。

「はい、カメラカメラ。はい脱がして写真売るよー。押さえて押さえて」

鰤谷が笑いながら指図して、子分たちが私を押さえつけて服を脱がしにかかってくる。一人が写ルンですを構えてる。

「ほら、下も脱がせよ！」

「やめてよ！　ヤダ‼　離して‼」

必死にもがいて抵抗するけど一人じゃどうにもできない。鰤谷はニヤニヤ笑いながら、手に持ったミルキー缶をカラカラ鳴らしている。中に入ってるのは……クスリ？

「痛い！　やめて‼」

もうダメ、おしまいだ。そう諦めかけた時だった……。

「ストップ‼」

その声に全員の動きが止まった。え？　鰤谷も、私を押さえつけてる連中も声のした方を見る。

校舎の中から現れたのは……奈々だった。

奈々は鰤谷たちを睨みつけながら、私の方へゆっくり歩み寄ってくる。鰤谷の子分たちがサッと私から離れた。

「大丈夫？」

奈々が差し出してくれた手を握って、私はヨロヨロ起き上がった。

「……ありがと」

嬉しかった。……でもヤバいよ奈々。相手は大勢だし、あなたも巻き添えに……。

「おい！　カッコつけてんじゃねえよ！」

鰤谷がこっちへ来る。

「オメー邪魔なんだ……」

バシッ！　鰤谷が言い終わらないうちに、奈々のビンタが炸裂《さくれつ》した。続けざまにサイドキックで鰤谷の腹をドンと蹴る。あっという間に鰤谷は倒れていた。

え？　鰤谷の子分たちだけじゃなくて私もビックリして固まった。奈々……強い。手足の長い彼女のパンチやキックは強烈だった。鰤谷はお腹を押さえてゲホゲホ咳き込んでいる。

奈々はいつものクールな表情を崩さない。それが逆に怖かった。無表情のまま焼却炉の方へ歩いていく。

焼却炉の開いた口から真っ赤な炎がメラメラ燃えあがっていた。奈々はそこに突っ込まれていた鉄の火かき棒を抜き取ると、カラカラ引きずりながらこっちへ来る。ゆっくりそれを振り上げ、熱く焼けて煙を上げている先端を、鰤谷の子分たちに向けた。

連中はワッと後ずさる。

奈々は表情も変えずに鰤谷に迫っていくと、うずくまっている鰤谷の顔の前に火かき棒を突きつけた。

「やめて、やめてよ……お願いやめてぇ！」

半泣きでわめく鰤谷を見下ろす奈々。

「ドラッグにハマって芹香に切られて、腹いせにイジメ？　ダッサい」

奈々は熱い鉄の先端を鰤谷の鼻先にさらに近づけていく……。

「あああああ！」

鰤谷が悲鳴を上げる。ヤバい！

「奈々！　ダメ！」

私は駆け寄って奈々の手を押さえた。一瞬、奈々がハッと我に返ったような顔になる。私は奈々の目を見つめて必死に首を横に振った。これ以上やっちゃダメ！　奈々は黙って私を見ていた。

「……二度と私たちに近づかないで」

奈々は鰤谷にそう言うと、遠巻きに見ていた子分連中の方へ向かって火かき棒を投げ捨てた。

「……行こ」

奈々が私の肩に手を添えてくれて、二人でその場から立ち去った。鰤谷は何も言い返してこなかった。ただ「うわああ！　あああああっ！」って、すごい声で絶叫しているのがずっと聞こえていた。

17

「残る一人の奈々さんですが。うーん、今のところまったく手がかりがつかめてません」

中川探偵は昔の『egg』のページを開いて見せた。

「このコですよね？　当時の編集者に聞いたんですけど、人気がありながらも突然いなくなってしまったそうですね」

街角で足を組んで物憂げな表情をしている奈々の写真。そう、この写真……初めて奈々に会った日、「奈々はモデルもやってるんだよ」って、芹香が見せてくれたのがこの写真だった。

「学校もやめたとかで。……何があったんですか？」

探偵が私の目を見た。私や梅があえて触れなかった部分があることを察しているようだった。

「あ、いや……ちょっと」

私が言いにくそうにしていると、探偵はそれ以上は詮索してこなかった。

「ああ、いえいえ。しかしまあ、スゴい時代ですよねえ、へヘッ。どいつもこいつも調子に乗ってるというか。でもまあ、すごいことですよ。この頃は日本中が女子高生を中心に回ってましたからね」

中川探偵が『egg』をパラパラとめくると、全国のコギャルたちがふざけたポーズで撮ったスナップ写真やプリクラが載っている。あの頃は女子高生というだけでチヤホヤされて、世の中怖いものなしで、お金を手に入れる方法なんていくらでもあって、自分たちのためにこの世はあるとすら本気で思っていたのだ。若気の至りなのか、社会がおかしかったのか。その両方かもしれない。

「どんな気持ちだったんですか？　当事者としては」

「うん……まあ……ねっ」

笑ってごまかすしかなかった。調子に乗っていたと言ってもいい。でも、そう言い切ってしまうと、あの頃の自分たちに申し訳ない気がする。純粋な部分もあった。というか、純粋にふざけて、純粋に熱くなって、純粋にシラケて、純粋にバカやって、純粋に不純だったのだ。そのニュアンスはうまく言葉にできない。その感覚を探偵は理解してるのかしてないのか、彼も曖昧《あいまい》に笑って「あ、そうだこれ」と思い出したようにゴソゴソと封筒をひとつ取り出した。

「この前依頼された、もう一人の。こっちは簡単に見つかりましたよ」

思わずハッとした。おそらく、この依頼の件に関しては探偵もニュアンスを理解しているだろう。顔色をうかがうと、探偵は努めて事務的な顔をしていた。私もただ事務的に報告を聞いて、探偵事務所を後にした。

帰り道、西陽が水面を照らす川沿いの道を歩きながら、もう一度書類を取り出してじっくりと眺めた。「藤井渉氏・調査報告書」と題されたファイル。彼の現在の居場所がそこに記されている。

川の上を飛ぶカモメの群れがアーアーと鳴いていた……。

18

カモメがアーアー鳴いてる海沿いの道を、私はフライヤーを見ながら歩いていた。芹香に教えてもらったんだけど、クラブとかに置かれてるDJイベントのチラシとかって、チラシって言わないでフライヤーって言うんだってね。勉強、勉強。都会っ子になるのは大変だよ。

湘南の海って、よくテレビや雑誌とかで紹介されてて有名だけど、別に海がきれいなわけでもないんだなと思った。淡路島の海と変わんない。いや、むしろ淡路島の方が絶景いっぱいあるよ。カモメだって標準語で鳴いてるわけじゃないでしょ。だけど、人間が違う。湘南はお洒落ピーポーが集まる海だから特別なんだ。私だって海を見にきたわけじゃない。ここに渉さんがいるから来たんだもんね。そう、渉さんがラジオじゃない方のDJをやってるイベント会場に、私は向かってるわけ。

マップに描かれてる橋を渡りながら、私は少し不安だった。この先は砂浜しかない。そんなところでDJイベントなんてやってんのかなあ。ていうか、今日は目いっぱいオシャレしてきちゃったけど、ビーチでこの格好って浮かないかなあ。お小遣いためて109で買ったキャスケットかぶって、梅から借りたピンク色のティアドロップのサングラスもかけてきたんだけど。

橋を渡ると、ハワイかなんかのビーチにありそうな、ログハウス？ みたいな感じのカフェが砂浜に建っていた。何だよ、マジでオシャレじゃん。正面にDJブースがあって、そこに……いたぁ！ あの長い髪。首にかけたヘッドホン。遠くから見ても分かる。渉さんだ！

食堂前のビーチにはクラブにいるようなオシャレな人たちがいっぱいいて、踊ったりお酒飲んだりしてる。前に行った暗いクラブとは違って、明るい陽の光の下だと何か私も馴染みやすい。

目立たないように人の間をぬって近づいていくと、DJブースにいたのはやっぱり渉さんだった。エイプとか何とかいう猿の顔がプリントされたTシャツ着て、曲に乗って軽く身体揺らしてる。ああー、やっぱり超カッコイイよぉ。どうしよう、緊張してきちゃった。渉さん、私を見たらどんな顔するかな？「え？ 本当に来ちゃったの？」とか冷たく言われたらどうしよう。……やっぱりこのサングラス変かな。女の子のサングラスって渉さん嫌いかな。外した方がいいかな……外しとこう。

うん、やっぱりこの方がいい。サングラス越しに見るより渉さんの顔がよく見えるし。さあ行くぞ、と思った時、渉さんがこっちを見た。そして、手を振ってくれた。キャー渉さぁん！……って手を振り返そうとした時、渉さんの視線が私から微妙にズレてるのに気づいた。渉さんは曲のリズムに合わせて手をウェーブさせて、お客さん全体を盛り上げてるだけだった。でも、笑顔で手を振る姿が超キマってる。ステキ……。その姿を残しておきたくて、私はすかさずポケットから写ルンですを出してシャッターを押した。やったーっ！　最高の一枚が撮れたよ。これ、一生の宝物にする！

でも、お客さんを盛り上げてる渉さんを見て気づいた。これって、渉さんの大事な仕事なんだって。仕事中に話しかけたりしたら迷惑だよね。図々しいよね。やっぱり今は声をかけるのやめよう。

私は渉さんに気づかれないようにカフェの中へ入っていって、カウンター席に座ってアイスティーを飲んだ。ＤＪブースにいる渉さんの後ろ姿が見られる特等席だった。リズムに合わせて揺れてる渉さんの背中。ターンテーブルの脇に置いたビールの瓶を手に取って、ラッパ飲みする横顔と喉元。それをうっとり眺めてた。ゆっくり日が暮れていく。このまま時間が止まってほしいって、また思った。

陽が沈んだ頃、ちょっとトイレに行って戻ってきたら、ブースにいるＤＪが別の人に変わってた。え？　渉さんはどこ？　いつもこうだよ。渋谷のクラブでもそうだった。イイ男ってすぐ姿が見えなくなるんだよ。そして女が捜すんだよ。

カフェの中を見回したけど、どこにも見当たらなくて。またいきなり後ろにいるんじゃないかと思って何度も振り向いたけど、別の人しかいなかった。日が暮れたら店内も混み合ってきたので、外へ出てみた。もしかしたら、もう帰っちゃったのかもしれない。ああ、だったらやっぱり声をかけときゃよかった！

浜辺は空が茜色に染まってロマンチックな感じになっていた。カフェの周りは人が大勢いるけど、それ以外は人影もまばらで、犬の散歩をしている人やカップルがちらほらいるだけだった。『ウォーリーをさがせ！』みたいに渉さんを探していると……。

海を見つめてポツンと一人。片膝立てて、もう一方の長い脚を伸ばして、ビール瓶片手に気だるそうにタバコをふかしてるその人は……渉さんだ。ああ……ごっつカッコええやん渉!!　もっと明るけりゃこれも写ルンですに撮っておくのに……。

今だ。声をかけるのは今しかない。声をかけて隣に座りたい。夕暮れの浜辺で渉さんと並んでお話しするなんて、最高すぎて死ぬかも。

でも、なんて声かければいいんだろう？「今晩は」……違うか。「渉さん」か。「渉さん」て声かけた後は何て言うの？向こうが言ってくれるかな。「ああ、奈美ちゃん、来てたの？」「はい」……って感じ？あーやだ、どうしよう。もう今日はひと目見ただけで満足して帰ろうかな。……いやダメダメ、ここまで来て弱気になってどうすんの。行くぞ、奈美。

決意して歩いていこうとした時だった。スッと渉さんの隣に人影が現れた。スラッと背が高くてスタイルのいい女の人、いや、若い女の子が来て、渉さんの隣に座った。キャスケットを後ろかぶりしたその顔を見て、私は息が止まった。

……奈々だった。

奈々は自然な感じで渉さんに寄り添って、渉さんの飲んでたボトルを手に取って口をつけた。まるでビールのＣＭみたいに絵になる二人。

他人の空似《そらに》じゃない。間違いなく奈々だった。でも、渉さんを見つめる奈々の顔は、私が見たことない可愛い顔してた。

見つめ合う二人。渉さんは吸っていた煙草を砂に放って、奈々に顔を寄せた。そして二人は当たり前のようにキスをした。

長い長いキス。私は目をそらすこともできずに見ていた。

私ってバカだなあと思った。知ってたけど。自分がバカなのはよーく知ってたけど。

でも、ここまでバカだとは思ってなかったよ。それが悔しくて、涙がボロボロあふれて止まらなかった。

私はその場から逃げ出して、あてもなく浜辺を歩いた。「彼氏」って言ったじゃん……。泣きながら、真っ暗になるまで浜辺を歩き続けた……。

Change my life Change my life 前世があったら
絶対にmaybe STRAY CATS 路地裏の…
Change my life Change my life 熱い気持ち心に
coolな態度はプロテクションに…!

19

藤井渉さんの現在の居場所は、皮肉にも20年前に私が彼に失恋した湘南だった。探偵の報告書にあったのは海沿いにある今風のお洒落なカフェレストラン。彼は今、ここを経営しているらしい。

ランチとディナーの間のアイドルタイムで、店内は閑散《かんさん》としていた。若いウェイトレスさんに「お好きな席にどうぞ」と声をかけられたので、海が見える席に座った。そんなに長居をするつもりはないのでお茶だけにしておこうかなと思いながらメニューを眺めた。

店のインテリアはどことなくあの日のカフェみたいな雰囲気が漂っていた。カウンターにはターンテーブルとミキサーがあって、カウンターの奥の壁の棚にはアナログレコードも並んでいる。渉さんらしい趣味だなと思って見ていると、カウンターの陰からヒョイと若い男性が立ち上がった。その顔を見て思わずハッと息をのんだ。渉さんだった。髪はロン毛ではなく今どきの爽やかなツーブロックになっているし、服装も上品なワイシャツとセーターになっているが、首にはヘッドホンをかけているし、「いらっしゃいませ」とニッコリ微笑んだ顔は昔のままだった。

というか、昔のままますぎる。若すぎる。私がこんなオバチャンになっているのに、渉さんだけ20代の顔のままなんてありえない。

彼が店の奥に向かって「お父さーん。オレそろそろ行くよー」と声をかけると、「おお、気をつけてなあ」と、無精髭に眼鏡の中年男性が出てきた。

あ、と思った。

「何か欲しいもんは？」

「じゃあケチャップ買ってきてくれ。業務用のでいいからな」

そんな親子のやりとりを見ていて私はすべてを悟《さと》った。若者は渉さんに生き写しの息子で、このお父さんが渉さんなのだと。

眼鏡のお父さんが私を見て微笑んだ。あの美しかった「渉さん」ではなく、「お父さん」としか言いようのない人がそこにいた。

「あーどうも。いらっしゃいませ」

「あ……はい」

私は曖昧に頷き目をそらした。カウンターに入った彼はいくつかのレコードを確認して、息子が外していったヘッドホンを首にかける。その仕草は間違いなく渉さんだった。

私は席を立ち、彼の方へ歩み寄った。

「あの、何か？」

「お久しぶりです」

「え？」

彼は気づかなかった。それはそうだろう。彼にとって私は20年前に数回会ったことがあるだけの、恋人未満どころか友達未満の存在だった。覚えているわけがない。若くてバカだった私が勝手に恋をして、勝手に失恋しただけだ。

私はバッグから一通の封筒を取り出して差し出した。彼は「へ？」と怪訝《けげん》な顔で受け取った。

「さようなら……」

私は笑顔で会釈して店から出た。彼はきっと当惑しているだろう。店に来て何も注文せず、封筒を渡して帰っていった謎の女のことを。封筒の中には、渉さんから貰ったフライヤーと、あの日私が撮った海辺のブースでＤＪをしている渉さんの写真、私の人生最高の一枚を入れておいた。それを見ても彼はきっと私を思い出すこともない。これでいい。再会して何かを期待したわけじゃない。ずっと捨てられずにいた思いに別れを告げたかっただけだ。

湘南の砂浜を、暗くなるまで歩いた。あの日のように。あの日も暗い砂浜を一人でわんわん泣きながら歩いた。20年前の私が、まだここをさまよって歩き続けているような気がした。

私は見えない彼女に寄り添って、肩を抱いた。

あなたが言えなかったさよなら、私が言ってあげたからね。知ってるよ。あの夜、「今度あのコたちに変なことされたら、彼氏って言って、俺のこと」って言われた時、あなたがどんなに嬉しかったか……。でも、それで「私たちつき合ってるんだ」とか勘違いしたわけじゃないよね。そこまでバカじゃないよ。ただ、いつか彼氏と彼女になれるかなって、思ってたんだよね……。そんなおバカさんなあなたが、私は大好きだよ。

夜の海風に吹かれて、私は20年前の私を思い切り抱きしめた。

SWEET SWEET 19 BLUES
SWEET SWEET 19 BLUES
SWEET SWEET 19 DREAMS
SWEET SWEET 19 BLUES
だけど私もほんとはさみしがりやで
SWEET SWEET 19 DREAMS
誰も見たことのない顔　誰かに見せるかもしれない

20

大音量が体育館から学校中に響く。今日はついに音楽祭の当日だ。

Ez Do Dance Ez Do Dance
踊る君を見てる

Ez Do Dance Ez Do Dance
君だけを見ている

体育館の2階のギャラリーから、他のチームが踊っている『EZ DO DANCE』を見下ろして、裕子と心が「フー！　フー！」とレスポンスしていた。ノッてるわけじゃない。余裕かましてひやかしているだけだ。

「またtrfじゃん」

「もう何組目だよ。……芹香ぁ！」

「はぁい？」

「大正解！」

「みんな一緒だから」

「だろぉ！」

芹香の目論見どおり、ほとんどのチームがtrfか安室ちゃんの曲を選んでいた。小沢健二を選んだサニーは絶対目立つ。絶対いけるよ、とみんな盛り上がってる。

「どーお、チョベリグ？」と、梅がほっぺたにハートマーク描いたド派手なメイクで現れた。ギャハハ、ちょーヤバいじゃんってみんながウケてる。

今日は待ちに待った音楽祭のコンテストの日。今日を目指して頑張ってダンスの練習してきたんだから、みんなテンション高い。最近明るくなった奈々もみんなと楽しくはしゃいでる。

私一人だけ暗かった。まだ、あのことを引きずってた。奈々を見るとどうしても考えてしまう。奈々が悪いわけじゃないよ。奈々はすごくいいコだし、今でも大好き。でも、神様ってズルいなあと思う。奈々は何でもできて、何でも持ってて……私には何もないんだもん。

私の視線に気づいて、奈々が声かけてきた。

「どうしたの？　奈美」

「ん？　別に……」

「最近変だよ。なんかあった？」

何かはあったよ。大ありだよ。でも、それが誰にも言えない、特に奈々には絶対言えないことだから困ってるんじゃん。

ああ、奈々。あなたにないものがひとつだけあった。気配りだよ。他人に対する思いやりっていうか、他人の気持ちに気づく繊細さだよ。鈍感でも許される美少女は、そうやって知らないうちに他人を傷つけて、ずっと気づかないままなんだ。

「……水飲んでくる」

私は逃げた。この会話が辛すぎて逃げた。


水飲み場で水道水を飲んだけど、全然美味しく感じない。辛いよ、失恋って。いや、私の場合、まだ恋が始まってもいなかったわけだから、失恋とは言えないのかもしれないけど。でも最悪だよ。自分の大好きな人と大好きな人がつき合ってたなんて。私一人だけバカみたい。普通の失恋以上に傷つくよ。私は好きな人を二人失ったんだ……。どんより曇った空に、ゴロゴロと雷が鳴ってた。まるで私の心模様だ。みんなのところに戻る気にもなれず、私は重い気分でその場に佇んでいた。

「奈美ーっ！」

異様な叫び声が私の名を呼んだ。

嫌な予感がしながら振り向くと、鰤谷がこっちへフラフラと歩み寄ってくる。

「あーはっは。いた。いたいたいたいた」

ヘラヘラ笑う様子がいつもと違う。肩に羽織ったカーディガンもだらしないし、化粧もやたら濃い。よく見ると、手にはビール瓶を持っている。学校の中なのに、それをラッパ飲みしながらこっちへ向かって来る。酔っ払ってるらしく、途中でよろけて派手に転んだ。それでもヘラヘラ笑ってる。

「ずーっと気になってたんだ。……ごめんね、奈美」

明らかに様子がおかしかった。

「カッペには優しくしてあげればよかったね……ね。アタシが悪かったよ。あはははは……」

怖かった。いつも鰤谷にからまれるのは怖いけど、今日の彼女はもっと別の意味で怖い。逃げ出したいけど、足がすくんで動けなかった。

「いいよ……私も悪かったし」

変に刺激しない方がいいと思って、私もそう言った。

「マジで？　じゃ、じゃあ友達になってくれるの？　ひーひっひ……」

不気味に笑いながら、鰤谷が私の頬を触ってきた。気持ち悪い。その目を見てゾッとした。完全にぶっ飛んでる。ただお酒に酔ってるだけとは思えない。

「なんか……やってるの？」

そう聞くと、鰤谷の表情がサッと変わった。

「やってちゃ悪ぃかよぉ!!」

いきなり物凄い勢いで怒鳴った。……かと思うと、また急に笑って猫なで声になる。

「じゃあ、一緒にやろうか、これ……」

そう言って、ミルキー缶を出してカタカタ振った。中に入ってるものは想像がつく。

「これ……ちょう、きも……ちぃんだぁ……よぉ。うひひ。あはは……」

ロレツも回らなくなっていて、何を言ってるのかよく聞き取れない。話が通じそうにもなかった。私は何も言えず、ただ恐怖の目で彼女を見ているだけだった。

「そんな目で見んじゃねえよぉ！」

鰤谷はまた急に怒り出し、私の髪の毛をつかんで思い切り引っ張った。

「何だよその目！　あ？　あ？　その目、何だよ！　おお、それだよ！　その目だよ！　何だよおい！」

「痛い！　痛い！」

誰か助けて！　と思った時、鰤谷の仲間が通りかかった。でも鰤谷の様子が普通じゃないのが分かったのか、加勢するんじゃなくて逃げるように走り去っていった。

空が真っ暗になって、激しい雷鳴とともに、ザーッと雨が降り出した。

土砂降りの雨の中、私は鰤谷に襟首をつかまれて、中庭へ引っ張られていった。鰤谷は缶に入っていた錠剤をつまんで、私の口に入れようとする。

「飲めーっ！　飲めよーっ！　友達だろーっ！」

鰤谷が大声でわめき続け、私は「やめてーっ！」と悲鳴を上げ続ける。激しい雨の中、二人ともずぶ濡《ぬ》れになっていた。その騒ぎを大勢の生徒たちが見ているのに、誰も手出しをしようとしない。

「なあ！　友達って言ったんだろ！　飲めよ！」

鰤谷は私を離してくれそうにない。どうすればいいの……。

その時、誰かが叫んだ。

「美礼！」

芹香だった。梅、裕子、心も来ていた。鰤谷の仲間たちもいる。みんな青ざめた顔でこっちを見つめていた。

鰤谷は手に持っていた缶を投げ捨て、私を突き飛ばした。

「芹香……。ひさしぶりだね。名前呼んでくれたの……」

鰤谷は嬉しそうに笑ってる。私は水浸しのアスファルトの上にうずくまって見ているだけだった。

「このコがぁ、今日から友達になってくれるって言うから……私もサニーの……」

そう言いながらフラフラと芹香に歩み寄っていく鰤谷。芹香がサッと前に出て、鰤谷の顔を思い切り引っぱたいた。鰤谷は吹っ飛んで倒れ、持っていたビール瓶がガシャンと激しく音を立てて割れた。

「薬やめろって何回も言ったじゃん!!」

芹香はいつもケンカを買う時とは違う、哀しそうな声をしていた。

「何で……芹香。あんなカッペは仲間に入ったのに、何でアタシは仲間に入れないんだよぉ」

鰤谷が立ち上がり、芹香の肩をつかんで揺さぶった。

「芹香ぁ……芹香ぁ……何でだよぉ!! 芹香、何でだよ!!」

芹香は何も答えず、鰤谷を突き飛ばす。鰤谷は水溜まりに倒れた。

「芹香ぁ！　いっぱい遊んだじゃん！」

芹香はただ哀しい目で、倒れた鰤谷を見ていた。

「何か言えよ！　そんな目で見んじゃねーよぉ!!」

カチャン、と音がして、鰤谷が何かを手にして立ち上がった。

「わぁああああああ！」

鰤谷が絶叫しながら芹香に向かっていく。手には割れたビール瓶が握られていた。それを振りかぶる鰤谷。

その時、人だかりの中からダッと走り出てきたのは奈々だった。奈々が芹香をはねのけて庇うのと、襲いかかってきた鰤谷がビール瓶を振り下ろすのが同時だった。

一瞬、何が起こったのか分からなかった。みんなが沈黙して見つめている。芹香、奈々、鰤谷も黙って立っている。

すると、ポタポタと赤いものが奈々の白いシャツの胸に落ちた。赤い染みがサーッと広がっていく。

奈々の頬に真っ直ぐ赤い線が走っていた。鰤谷の凶器が奈々の頬を裂いてしまったのだ。奈々は傷口を手で覆い、「ううう……」と呻いて膝をついた。

見ていた生徒たちから悲鳴が上がる。

「奈々ぁ‼」

裕子、心、梅が奈々に駆け寄った。私と芹香は動けず、ただそれを呆然と見ているだけだった。

奈々が声を上げて泣いている。裕子、心、梅も「奈々ぁ」と泣き続けている。何が起きてしまったのか、あまりのショックに現実感がなかった。


救急車で奈々は運ばれていった。土砂降りの雨の中、みんなで泣きながらそれを見送った。芹香だけは最後までぐっと口を結んで、決して涙を見せなかった。

音楽祭はもちろん中止になった。みんなで一生懸命練習してきたものが台無しになってしまった。その後は警察が入り、鰤谷美礼は逮捕され、私たちも事情聴取を受けた。奈々の傷は命に関わるようなものじゃなかったけれど、奈々はお見舞いを拒《こば》んで、誰も会いにいくことができなかった。そのまま奈々は学校に戻らず、しばらくして自主退学したと先生から告げられた。

顔と一緒に、奈々は心も傷ついてしまったんだ。仲間が傷つけられた時はみんなで守るのがサニーのルール。でも私たちは奈々を守ることができなかった。奈々の傷を癒《い》やしてあげることもできなかった。奈々は身を挺《てい》して芹香を守ったのに。私はそんな奈々を、思いやりのない人だなんて誤解していた。くだらない嫉妬の感情でそんなことを思ってしまった。私は最低だ。

すべては私のせいだと思った、私さえいなければ、私がこの学校に転校してこなければ、こんなことは起きなかった。奈々も、芹香も、みんなも、普通に楽しく笑って高校を卒業できたはずだよ。

でも、芹香は自分のせいだと言って譲らなかった。自分と鰤谷の因縁がすべての原因だと自分を責めていた。私と芹香は、それから次第に話さなくなった。梅も、裕子も、心も、もう前のようにバカ言って笑えなくなってしまった。あの部屋にもみんな二度と集まることはなくなって、私たちのサニーは、それっきり壊れた。

21

その日は雨が降っていたので、繭を車で駅まで送った。帰り道でスマホの着信音が鳴る。梅からの電話だった。車を一時停止して電話に出た。

「はい、もしもし一梅？　ごめんごめん、今ね運転中だから、また後でかけ直す。

……え？……いつ？……」

芹香が亡くなったことを知らせる電話だった。


梅と私、裕子の3人が葬儀場《そうぎじょう》に集まった。少しでもお手伝いできればと式の3時間前に来たのだが、葬儀社のスタッフがテキパキと準備を進めていて、私たちが手を出す余地は何もなかった。

「アタシら、やることないね」と拍子抜けしている梅に、私は「いいんじゃない。一緒にいてあげようよ」と祭壇《さいだん》の芹香の遺影を見た。私がメイクして梅が撮影した遺影だ。芹香流に言えば「イエ〜イ」だ。末期の状態でも凛《りん》としていた芹香の顔。亡くなったなんてまるで実感が伴わない。

「すっごくいい顔してる」

「キレイ」

「うん、そしてかっこいい」

葬儀に来たらご家族といろいろお話ししたいと思っていたのだが、親族はまだ一人も到着していなかった。

「ご両親もとっくに亡くなってたなんて知らなかった……」

「ずっと一人で頑張ってたんだねえ、芹香は。……で、裕子はどうなったのよ？」

「え？」

「旦那と」

梅の問いに、裕子は深くため息ついてから答えた。

「離婚する」

「マジで？」

「その代わり、たくさんぶんどってやったわ。フェラーリもぶんどってやったわ！」

裕子は高笑いして、3人で「イェ〜イ」とハイタッチした。そのフェラーリでどこか行こうよ、温泉行く？　いいねー、などと話して盛り上がっていた。こんな場で不謹慎な気もしたが、こうしてバカ言ってる方が芹香が喜んでくれると思った。

誰かが入ってくる足音がしたので話をやめて振り返ると、現れたのは心だった。

「ひさしぶり」

心の声は落ち着いていて、表情もすっきりしていた。お酒さえ入っていなければマトモだ。喪服姿も美しかった。

「心！」

「心じゃ〜ん！」

高校時代にいちばん仲のよかった裕子が飛びついていってハグした。

「心、元気だった ぁ？」

「元気だよぉ。つーかお前らみんなババアじゃん!!」

「お互いさまでしょ！」

「アンタに言われたくないわよ！」

「えっ？」

裕子とハグした心が、胸に違和感を示した。

「あ、気づいた？　憧れのJカップー!!」

「やだー！　ヤバーい!!」

裕子や梅と盛り上がってる心を見て、彼女が立ち直りかけてるのを感じた。心は裕子にうながされて祭壇の方へ行く。

「芹香ぁ、ごめん。間に合わなかった」

あの日、スナックで会った時とはまったく違う、しっかりした表情で心は遺影に話しかけていた。

「いいよいいよ、こうやって集まったんだからさ。喜んでるよ、芹香も」

梅が声を詰まらせた。

「奈々は？　来てないの？」

何も知らない心が不思議そうに言った。

「捜したんだけどね。奈々だけは……」

「ったくあのクソ探偵が！」

「ホント会ったらぶっ殺してやる。つーかアイツのキンタマもぶっ潰してやろうか、グシャッと……」

梅と裕子がそんな悪口を言っていると、当の中川探偵がひょっこり現れた。

「どうもー、クソ探偵です。……キンタマ、潰していただけるそうで」

私たちは苦笑いするしかなかった。ところで、探偵さんが何のために来たのだろう。

「奈々さんに関してはですね。一応、こういう手も打ってあるんですよ」

中川探偵が新聞の束を見せた。

「いや、皆さんからいただいた前金が底を突いた時、私一度、芹香さんの病院に伺いまして。そしたら、追加のお金と、一緒にこれを頼まれました」

そう言って新聞を私たちに渡した。開いてみると、各紙に一面広告で「SUNNY再結成」というタイトルで私たちの高校時代の写真がデカデカと載っていた。あの頃、写ルンですで撮った写真だ。「奈々大好き」「絶対来いよ!!」みたいな手書きのメッセージと葬儀の日時、場所が記されている。

「何これ！」

「スゴーい！」

これだけの広告を打つには相当な料金がかかったはず。さすが会社をいくつも経営していた芹香の資金力だ。最初から芹香に相談していればもっと優秀な探偵を雇えたかもしれないけど。

「あーそれと、芹香さんから皆さんに、伝言を預かってきました。遺言ってやつですかね」

探偵が封筒を見せた。私たちは祭壇の前の席に座って、その内容を聞くことになった。

「私、こういうのは専門外なんですが、故人の遺志でもありますので、読ませていただきます」

確かに、普通は弁護士がやる仕事だが、探偵が芹香の遺言を読み上げた。みんな神妙に聞く。

サニーのみんなへ

みんな、揃ってる？　もし来られないメンバーがいても別に怒らないよ。みんなもう大人で、それぞれ仕事や生活があるんだから、あの頃みたいにいつも一緒ってわけにはいかないもんね。

あの日、あの事があってからみんなで会うことはなかった。あんなに毎日一緒にいて、学校でも外でも、いつもどこでも一緒で……みんなでカラオケやって、プリクラ撮って、ファミレス行って、バカみたいに笑って……何であんなに笑ってたんだろうね？　あたしたち。みんなに会いたかった。ずっと会いたかったよ。

奈美、みんなを捜してくれてありがとう。死ぬ前に、こんなに楽しいことがいっぱいあるなんて思わなかった。

私が逝っちゃった後のサニーのリーダーは、奈美にまかせる。これからは、奈美を中心に、これまで会えなかったぶん、みんなで楽しくやってほしい。私も、天国から参加させてもらうから。


思いがけない遺言に泣かされた。芹香の声が聞こえてくるようだった。死ぬ前の芹香と、高校の時の芹香と。彼女と一緒にたくさん笑って、たくさん泣いた日々が再生動画のように目の前に浮かんでくる。

「頼むよリーダー」

梅が私の手を握った。

「本当に私でいいのかな」

みんなが「当たり前じゃん」と私の背中を叩いた。

「続いて梅さん」探偵が遺言の発表を続けた。「えー。『仕事頑張れ。いつも購買でパンを取ってた、あの勢いでやればいいんだよ』……何のことだか分かりませんが」

梅が「あれだ！」と、昼休みに購買でパンを放り投げた時の仕草を真似する。裕子がキャッチする真似して「あんた強かったもんねー」と笑った。探偵がさらに続ける。

「それと、あなたの会社が扱っている港区のビルを一棟買うそうです。営業担当はもちろん梅さんで」

「え……マジで？　よっしゃあ！」

梅は飛び上がって喜んだ。すごい。ビル一棟って、芹香の遺産はいくらあるのか。

みんな「すごいじゃん！」と我が事のように喜んだ。

探偵が「えー、次は裕子さん」と言うと、裕子は期待する顔で「はい」と答えた。

「『副リーダーになれ』……以上です」

「え？　それだけ？」

「あ、もう一言ありました」

「え？」

だ。

「……『その胸は、無理があるぞ』」

これにはみんなが爆笑した。梅が裕子の胸を揉んで「戻せ戻せ！」とからかう。

「テメーぶっ殺すぞー」と裕子もやり返す。うん、サニーの仲間のノリは永遠に不滅だ。

「次、心さん……」

みんな静かに聞き入った。心の状況を私から聞いて、芹香は彼女にどんなものを遺してくれたのだろうか。

「芹香さんが暮らしていたマンションの部屋を譲るので、そこに住んでほしいそうです。娘さんとの生活費、教育費、すべて芹香さんの遺産で負担します。あなたの病気のリハビリ治療の予約も取ってあるそうです。それと、都内にある空き物件をひとつ差し上げるので、美容室を開いてほしいとのことです」

心が「ありがとう、ありがとう」と繰り返しながら、声を上げて泣いた。「よかったね、よかったね」とみんなが泣いた。さすが芹香だよ。優しくて、正義感が強くて、困ってるコを放っておけない人だった。みんなで泣きながら抱き合っていると、探偵がまだ話を続けた。

「えー、但し、みなさんがこれを受け取るには条件があります」

条件って？　探偵は封筒から一枚のＣＤを取り出した。

「踊れ……と」

高校の時に発表することができなかったサニーのダンスを踊れというのが、芹香の与えた条件だった。こうなったらやるしかない。私たちは祭壇の前でストレッチして準備した。

「つーか、みんな踊れるの？」

「え？　分かんないけどさ、これ明日、ぜったい筋肉痛になるよね」

「じゃあマッサージ予約しとく？」

20年も前のダンスを覚えているのか自信はなかったけど、芹香の弔《とむら》いのためにみんな本気だった。

「てゆーかさ、こんなところで踊っていいわけ？」

「大丈夫！　アタシが責任とるから」

私はきっぱりそう言った。これがリーダーとしての初仕事だ。

「じゃあ、いい？」

「オッケー」

「いつでも」

「いいわよー」

「せーの！」

みんなで「サニー！」と叫ぶと、探偵がＣＤプレイヤーの再生ボタンを押す。流れ始めた曲はもちろん、小沢健二の『強い気持ち・強い愛』。

Stand up, ダンスをしたいのは誰？
Stand up, ダンスをしたいのは誰？
Stand up, ダンスをしたいのは誰？
Stand up, ダンスをしたいのは誰？

曲が流れると自然に4人の身体が動いた。20年も前の振り付けなのに身体が覚えていた。いや違う。サニーのハートが覚えていた。

「はいクロス！」「はいボックス！」と、指示する芹香の声が聞こえる気がした。あの陽の当たる教室で、毎日繰り返し踊ったダンス。バカなことしかしなかった私たちが、どうしてあんなに真面目に練習したのか。30万円のためでも沖縄旅行のためでもなかった。ただみんなで踊りたかった。踊ることで私たちが最高のチームだということを誰かに証明したかった。だから私たちはStand upした。ダンスをしたいのは私たちだった。それが私たちの強い気持ち、強い愛だった。

最初はボロボロだった私のダンス。みんなの足を引っ張って、奈々から「そのコがいるんじゃ無理」と言われた私。でも思い切って奈々に強い気持ちをぶつけたら、奈々も強い愛を返してくれた。一生懸命練習して、やっと踊れるようになったダンス。あの日、体育館で発表するはずだったダンス。だけどそれができないまま、二度と踊ることができなかったダンス。それを私は今踊っている。みんなと一緒に踊っている……。

最後のポーズを決めると、歓声を上げ、ハイタッチして、抱き合った。裕子が「芹香見てたーっ!?」と遺影に呼びかけた。芹香ありがとう。みんなにたくさん粋なはからいをしてくれたけど、サニーがあなたの最大の遺産だよ。みんなで遺影に向かって「イェーイ!」と手を振った。

その時、ふっと風が吹き込んできた。振り返ると、斎場の表のドアが開いて、一人の女性が立っていた。逆光の中に佇むその姿を見て、みんなハッと息をのんだ。奈々だった。髪型は昔と違うけれど、あの日とまったく変わらずクールビューティな奈々が立っている。夢かまぼろしを見ているようだった。

奈々が左の頬にかかっている髪をかきあげると、あの日頬に受けた傷は跡形もなく治っていた。奈々は昔のまんまのきれいな顔で、昔よりも柔らかい笑顔を私たちに向けた。

みんなまた泣いていた。20年の間、みんなの胸にずっとわだかまっていたものが解けていく涙だった。

奈々が最高に素敵な笑顔で言う。

「何泣いてんの。笑おう、あの頃みたいに」

みんな笑った。あの頃みたいに、明るい陽の光を浴びている気がした。本当のサニーが戻ってきた。奈々がいて、心がいて、裕子がいて、梅がいて、私がいる。そして、芹香もここにいると、みんな確かに感じていた。

寒い夜に遠くの街からまっすぐに空を降ってきた
ほら　あっという間の蜃気楼
溢れる光　公園通り　新しい神様たちが
パーッと華やぐ　魔法をかける
ああ　街は深く僕らを抱く！

強い気持ち　強い愛　心をギュッとつなぐ
幾つの悲しみも残らず捧げあう
今のこの気持ちほんとだよね

屋根を走る仔猫のように僕は奇蹟を待っていた
夜をブラつき歩いてた
全てを開く鍵が見つかる　そんな日を捜していたけど

なんて単純でバカな俺
ああ　街は深く僕らを抱く！

強い気持ち　強い愛　心をギュッとつなぐ
幾つの悲しみも残らず捧げあう
今のこの気持ちほんとだよね

空へ高く照らし出された高層ビルのすぐ下
ほら　あっというまの夜明けだよね
美しい空　響きあう空　誰も見たことのない日々を
ギューッと胸に刻みたい
ああ　街は深く僕らを抱く！

強い気持ち　強い愛　心をギュッとつなぐ
幾つの悲しみも残らず捧げあう

今のこの気持ち　強く強く強く
長い階段をのぼり　生きる日々が続く
大きく深い川　君と僕は渡る
涙がこぼれては　ずっと頬を伝う
冷たく強い風　君と僕は笑う
今のこの気持ちほんとだよね

Nextone 出 PB41498
JASRAC 出 1806423-801

本書は、映画「SUNNY　強い気持ち・強い愛」（Based On The Film
「サニー　永遠の仲間たち」CJ E&M Corporation Original Screenplay
Written By KANG Hyoung-chul　Adapted By LEE Byung-heon）
の大根仁による脚本を原案として、著者が書き下ろした小説です。

SUNNY

強《つよ》い気持《きも》ち・強《つよ》い愛《あい》

黒住光《くろずみひかる》

平成30年7月25日　初版発行

発行人――石原正康
編集人――袖山満一子
発行所――株式会社幻冬舎
〒151-0051東京都渋谷区千駄ヶ谷4-9-7
電話　03(5411)6222(営業)
　　　03(5411)6211(編集)
　　振替00120-8-767643
印刷・製本―株式会社　光邦
装丁者――高橋雅之

幻冬舎文庫

ISBN978-4-344-42742-6　C0193　く-22-1

幻冬舎ホームページアドレス　http://www.gentosha.co.jp/
この本に関するご意見・ご感想をメールでお寄せいただく場合は、
comment@gentosha.co.jpまで。